Los Padecimientos del Joven Werther

Por

Johann Wolfgang von Goethe

PRIMER LIBRO

4 de mayo de 1771

¡Cuánto me alegro de haberme ido! ¡Amigo mío, lo que es el corazón humano! ¡Abandonarte a ti, a quien tanto quiero, de quien era inseparable, y estar alegre! Sé que me lo perdonas. El resto de mis relaciones parecían seleccionadas por los hados para atemorizar a un corazón como el mío, ¿verdad? ¡La pobre Leonore! Y a pesar de todo yo era inocente. ¿Acaso pude evitar que se desatara la pasión en esa pobre alma mientras yo disfrutaba de amenas conversaciones con su encantadora hermana? Y sin embargo, ¿soy del todo inocente? ¿No he alimentado sus sentimientos? ¿No me he divertido con esas expresiones tan auténticas de su naturaleza que a menudo nos movían a risa pese a no tener nada de risibles? ¿Es que no…? ¡Oh, quién es el ser humano para quejarse de sí mismo! Voy a enmendarme, querido amigo, te prometo que voy a enmendarme, no quiero rumiar el poco mal que el destino dispone ante nosotros como he hecho siempre; quiero gozar del presente y que lo pasado permanezca en el pasado para mí. Es cierto, amigo, sólo Dios sabe por qué nos ha hecho así, pero el dolor sería menor entre los hombres si no ocuparan tan afanosamente la fuerza de su imaginación en rememorar los males pasados en lugar de soportar un sosegado presente.

Ten la bondad de decirle a mi madre que me estoy ocupando de su asunto de la mejor manera posible y que en breve le enviaré noticias al respecto. He hablado con mi tía y no se parece ni de lejos a esa mujer malvada de la que se habla en nuestra casa. Es una señora alegre y apasionada y tiene un gran corazón. Le expuse el disgusto que le ha causado a mi madre el que retuviera una parte de la herencia. Ella me explicó sus motivos y las condiciones bajo las cuales estaría dispuesta a devolverlo todo, incluso más de lo que le exigimos. En resumen: ahora no puedo contar más, pero dile a mi madre que todo saldrá bien. Y en esta pequeña tarea he vuelto a descubrir, querido amigo, que los equívocos y el rencor producen tal vez más extravíos que la picardía y la maldad. Al menos estas dos últimas son más raras.

Por lo demás aquí me encuentro en la gloria. La soledad en esta región paradisíaca es un bálsamo delicioso para mi espíritu y toda la riqueza de esta estación juvenil anima mi corazón, a menudo demasiado frío. Cada árbol, cada seto, es un ramillete de flores y uno siente el deseo de convertirse en abejorro para poder flotar en ese mar de encantadores aromas y encontrar alimento en él.

La ciudad en sí es desagradable, contrastando con la indescriptible belleza natural que la rodea. Esto fue lo que movió al fallecido conde de M*** a disponer un jardín sobre una de las colinas que se entrecruzan de manera hermosa y diversa, moldeando los más encantadores valles. El jardín es sencillo, y desde que la entrada se percibe que su diseño no es debido a un jardinero que sigue tendencias científicas, sino a un corazón sensible que pretendía encontrar disfrute allí. Ya he vertido algunas lágrimas por el difunto en el pequeño cenador derruido que constituía su lugar predilecto, y que ahora es también el mío. Pronto seré amo y señor del jardín; le caigo simpático al jardinero, a quien conozco sólo desde hace un par de días, y no me lo tomará a mal.

10 de mayo

Mi alma está inundada de una maravillosa alegría comparable a las dulces mañanas de primavera que disfruto ahora con todo mi corazón. Estoy solo y disfruto de mi vida en esta región, que parece ideada para espíritus como el mío. Soy tan feliz, amigo mío, estoy tan inmerso en esta plácida existencia, que mi arte se resiente. Ahora no podría dibujar ni un solo trazo y nunca he sido mejor pintor. Cuando el encantador valle vaporea a mi alrededor y el sol, desde lo alto, roza la superficie de la impenetrable oscuridad de mi bosque, adentrándose sólo algunos rayos furtivos en el santuario interno, me echo sobre la mullida hierba junto a las aguas descendientes del arroyo y, al estar tan cerca de la tierra, la infinita variedad de hierbecillas me resulta extraña; cuando percibo el pulular de ese pequeño mundo que habita entre las briznas, las incontables y misteriosas figuras de los pequeños gusanos; cuando siento a los mosquitos acercarse a mi corazón y advierto la presencia del Todopoderoso que nos creó a su imagen, el aliento del Ser que ama a todas las criaturas y que nos lleva y nos mantiene en un gozo eterno… ¡Amigo mío! Y cuando más tarde anochece ante mis ojos y tanto el mundo a mi alrededor como el cielo reposan en mi espíritu como si fueran la imagen de una amada, entonces a menudo me invade la nostalgia y pienso: «¡Ay, si tan sólo pudieras expresarlo, si pudieras insuflar al papel lo que habita en ti con tanto fuego, con tanta plenitud, de manera que reflejara tu alma como tu alma es espejo del Dios eterno!». Amigo mío… Pero sucumbo, caigo derrotado bajo la formidable belleza de estas visiones.

12 de mayo

No sé si en esta región flotan espíritus que me confunden o si es la cálida y celestial fantasía que reposa en mi corazón la que dota de apariencia paradisíaca a todo lo que me rodea. Cerca de aquí hay una fuente, una fuente a la que estoy unido como Melusina a sus hermanas. Desciendes por una pequeña ladera y te encuentras ante un arco del que parten unos veinte escalones que van a dar a unas rocas de mármol de donde brota el agua más cristalina. El pequeño murete que hace de orla, los altos árboles que rodean el lugar y lo guarnecen, el frescor del sitio: todo esto tiene algo que me atrae, que me hace estremecer. No hay día en el que no pase una hora allí sentado. Entonces se acercan las muchachas de la ciudad a buscar agua, la más inocente y necesaria de las tareas que antaño desempeñaban las mismas hijas de los reyes. Mientras estoy allí sentado, la idea patriarcal adquiere tal viveza en mi interior que me parece que todos los patriarcas concurren juntos a la fuente y celebran allí sus matrimonios y que alrededor de las fuentes y los manantiales flotan espíritus bienhechores. Ah, quien no comprenda esta sensación es que no ha disfrutado del frescor de una fuente tras un largo día de verano caminando.

13 de mayo

¿Me preguntas si debes enviarme mis libros? ¡Amigo, por el amor de Dios, mantenlos alejados de mí! Ya no quiero que nada me dirija, me anime o me alegre; este corazón ya bulle lo suficiente por sí solo. Necesito canciones de cuna y las he encontrado en toda su plenitud en mi Homero. ¡Cuán a menudo arrullo mi sangre enardecida hasta que se tranquiliza, pues no habrás visto nada tan desequilibrado, tan inestable como este corazón! ¡Querido amigo! ¿Hace falta que te lo diga a ti, que a menudo has soportado la carga de verme pasar de la aflicción al enardecimiento y de una dulce melancolía a un apasionamiento pernicioso? Yo también trato a mi corazoncito como a un niño enfermo; cualquier deseo le es concedido. No le cuentes esto a nadie; hay gente que podría tomármelo a mal.

15 de mayo

Las personas humildes del lugar ya me conocen y me quieren, especialmente los niños. Ha sido una experiencia triste. Cuando al principio me acercaba a ellos y les preguntaba amigablemente sobre esto y aquello, algunos creían que quería burlarme de ellos y me despachaban de manera grosera. No me desanimé, pero sentía con mayor viveza algo que ya había notado a menudo: la gente de cierto estado mantiene siempre una fría distancia con el pueblo llano, como si creyeran perder algo si se acercan; y también hay personas ligeras y graciosos malintencionados que aparentan rebajarse para hacer más llamativa su superioridad sobre el pobre pueblo.

Sé bien que no somos iguales ni podemos serlo; no obstante pienso que aquellos que consideran necesario alejarse de eso que llaman el populacho para que les sigan teniendo respeto son tan reprobables como un cobarde que se oculta de sus enemigos porque teme que lo derroten.

El otro día fui a la fuente y encontré a una sirviente joven que había dejado su cántaro sobre el escalón más bajo y miraba a su alrededor por si aparecía alguna camarada que la ayudara a ponérselo sobre la cabeza. Me acerqué a ella y la miré. «¿Quiere que la ayude, señorita?», dije. Se puso coloradísima. «¡Oh, no, señor!», dijo. «No es ninguna molestia». Se colocó el rodete y la ayudé.

Me dio las gracias y se alejó.

17 de mayo

He conocido a todo tipo de gente, pero aún no he encontrado compañía. No sé qué es lo que hay en mí que resulta atractivo a los demás; muchos me aprecian y me tienen cariño y a mí me duele cuando nuestros caminos coinciden tan sólo durante un breve trecho. Si me preguntas cómo es la gente aquí, te diré que como en todas partes. El género humano tiene algo uniforme. La mayoría dedica la mayor parte del tiempo a vivir y la pizca de libertad que le resta le provoca tanto temor que procura librarse de ella por todos los medios. ¡Ay del destino humano!

No obstante son buenas personas. A veces, cuando me olvido de mí, cuando disfruto alguna vez de las alegrías que aún se les brindan a los hombres, de una conversación divertida y franca en torno a una mesa puesta con esmero, de un paseo, un baile organizado en el momento oportuno y cosas así, me doy cuenta del beneficioso efecto que tiene todo esto en mí; tan sólo he de olvidar que en mi interior descansan muchas otras fuerzas que se corrompen por falta de uso y que debo ocultar cuidadosamente. ¡Ay, esto oprime tanto el corazón! Y sin embargo, el que no nos comprendan forma parte del destino de los que son como nosotros.

¡Ay, la amiga de mi juventud ya no está! ¿Por qué llegué a conocerla? Tendría que decirme: ¡Eres un necio! ¡Buscas aquello que no puede encontrarse en esta vida! Pero la tuve, sentí su corazón, el espíritu sublime en cuya presencia yo tenía la sensación de ser más de lo que era, porque era todo lo que podía ser. ¡Dios bendito! ¿Había alguna fuerza en mi alma a la que no diera uso? ¿Es que en su presencia no podía desarrollar esa sensación tan maravillosa de que mi corazón abarcaba toda la naturaleza? ¿Nuestra relación no era un eterno tapiz de las sensaciones más delicadas y el humor más agudo, cuyas variaciones hasta la travesura estaban todas marcadas por la impronta de la genialidad? ¡Y ahora! Ay, los años que me aventajaba la llevaron a la tumba antes que a mí. Nunca la olvidaré, nunca olvidaré su firme inteligencia y su divina tolerancia.

Hace algunos días me encontré con el joven V..., un chico abierto con un rostro muy agraciado. Acaba de llegar de la academia y no se considera especialmente sabio, aunque cree saber más que otros. Demostró en muchos pequeños detalles que ha trabajado duro: en resumen, tiene algunos conocimientos. Como había oído que yo dibujaba a menudo y que sabía griego (dos cosas extrañísimas en este lugar), se acercó a mí e hizo alarde de toda clase de conocimientos, de Batteux a Wood, de Piles a Winckelmann, y me aseguró que se había leído la primera parte de la teoría de Sulzer y que tenía en su poder un manuscrito de Heyne sobre el estudio de la antigüedad. Decidí no meterme en discusiones.

He conocido además a un buen hombre, un corregidor del príncipe, una persona franca y abierta. Cuentan que es toda una alegría verle con sus nueve hijos; las alabanzas son especialmente efusivas a propósito de su hija mayor. Me ha pedido que vaya a verlo y tengo pensado visitarlo próximamente. Vive en un pabellón de caza del príncipe que dista hora y media de aquí, lugar al que se mudó tras la muerte de su esposa. El príncipe le concedió su permiso porque la estancia aquí en la ciudad y en el corregimiento le causaba demasiado dolor.

También se han cruzado en mi camino algunos personajes originales y caricaturescos en los que todo es insoportable, aunque lo más intolerable de todo son sus muestras de amistad.

¡Hasta pronto! La carta te parecerá bien, está cargada de historias.

22 de mayo

El que la vida de los seres humanos sólo es un sueño es una impresión que ya han tenido algunos, y también a mí me ronda siempre esa sensación. Cuando observo las limitaciones en las que están encerradas las fuerzas creadoras e indagadoras de los hombres; cuando veo cómo toda la eficacia va encaminada a satisfacer unas necesidades cuyo único fin es alargar nuestra pobre existencia, y que la tranquilidad de la que creemos disfrutar respecto a ciertos puntos de la investigación no es más que una resignación soñadora, ya que únicamente decora con figuras de colores y luminosos paisajes las paredes entre las que nos encontramos presos; todo esto, Wilhelm, me vuelve taciturno. ¡Me encierro en mí mismo y encuentro un mundo! Vuelvo a basarme más en suposiciones y en oscuros deseos que en realidades y fuerzas vivas. Y entonces todo se desvanece ante mis sentidos y después regreso al mundo sonriendo con estos sueños.

Todos los maestros de escuela y los preceptores más experimentados coinciden en que los niños no saben por qué quieren las cosas; pero también los adultos van dando tumbos sobre la tierra y, como aquéllos, tampoco saben de dónde vienen ni a dónde van y carecen de una auténtica finalidad, por lo que se dejan regir por medio de galletas, bizcochos y pasteles: a nadie le gusta creer esto, pero tengo la impresión de que es algo evidente.

Sé lo que me dirías y por eso admito que los más dichosos son aquellos que pasan el día como niños, paseando sus muñecas a las que visten y desvisten, que rondan con gran respeto el cajón donde mamá ha guardado los dulces y que, cuando al fin consiguen lo que desean, lo devoran a dos carrillos y gritan pidiendo más. Éstas son criaturas felices. También son felices aquellos que les dan títulos rimbombantes a sus trabajillos o a sus aficiones y las consideran empresas colosales para la salud y el bien del género humano. ¡Afortunado aquel que puede ser así! Pero quien reconoce humildemente cuál es el fin de las cosas, quien ve entonces con cuánto cuidado sabe podar su jardincito cualquier ciudadano acomodado hasta convertirlo en un paraíso, y ve también al infeliz que se arrastra con perseverancia por un camino carente de dignidad, y sabe que tanto uno como el otro están interesados de igual manera en contemplar durante un minuto más la luz del sol... Sí, éste guarda silencio y también crea su propio mundo interior, y también es feliz porque es hombre. Y sin embargo, pese a sus limitaciones, mantiene en su corazón la dulce sensación de la libertad, porque puede abandonar esta prisión cuando lo desee.

26 de mayo

Conoces desde hace tiempo mi costumbre de construirme un pequeño refugio en algún lugar acogedor y alojarme allí pese a todas las estrecheces. Aquí también he encontrado un rincón que me ha resultado atractivo.

Aproximadamente a una hora de la ciudad hay un lugar al que llaman Wahlheim. Su situación junto a una colina es muy interesante, y cuando se desciende al pueblo por el camino puede divisarse todo el valle. Una buena posadera, atenta y lozana para su edad, sirve vino, cerveza y café; y lo mejor de todo son dos tilos que cubren con sus amplias ramas el cementerio de la iglesia, que está rodeada de casas de campesinos, graneros y patios. No me ha sido fácil encontrar un lugar tan acogedor, tan íntimo, y mando que me traigan mi silla y mi mesa desde la posada y allí bebo mi café y leo a mi Homero. La primera vez que acabé por casualidad bajo los tilos en una hermosa mañana, encontré la plaza desierta. Todos estaban en el campo; sólo un muchacho de unos cuatro años estaba sentado sobre la tierra y tenía sujeto entre sus pies a otro de aproximadamente medio año, estrechándolo con ambos brazos contra su pecho, de forma que le servía a modo de sillón, y allí estaba sentado con absoluta tranquilidad, si exceptuamos la viveza con la que miraba a su alrededor con sus negros ojos. Me agradó la imagen: me senté sobre un arado que se encontraba enfrente y con gran placer dibujé la posición fraternal. Añadí una empalizada cercana, la puerta de un pajar y algunas ruedas de carro rotas, todo tal como estaba, y tras una hora me di cuenta de que había completado un dibujo de gran interés sin haber añadido nada de mi cosecha. Esto reforzó mi propósito de limitarme en el futuro a representar únicamente la naturaleza. La riqueza que ofrece por sí sola es inagotable y únicamente ella es capaz de formar a los grandes artistas. A favor de las reglas puede decirse mucho, aproximadamente lo mismo que se puede decir en favor de la sociedad burguesa. Quien se forme siguiéndolas no producirá nunca nada desagradable o realmente malo, así como alguien que se deje modelar según las leyes y las buenas costumbres no se convertirá nunca en un vecino insoportable o un destacado bellaco; pero por el contrario, y digan lo que digan, todas estas reglas también destruirán la sensibilidad sincera por la naturaleza y su auténtica expresión. ¡Dime que esto es demasiado duro! Que sólo limita, que poda los sarmientos demasiado exuberantes y otros razonamientos similares. Querido amigo, ¿quieres que te ponga un símil? Es como con el amor. Un corazón joven está profundamente enamorado de una muchacha, pasa todas las horas del día con ella, emplea todas sus fuerzas, toda su fortuna, para manifestarle a cada momento que se entrega por completo a ella. Y entonces llega un hombre de miras estrechas, una persona con un puesto público y le dice: «¡Querido señor! Amar es humano, pero tenéis que adaptar vuestro amor a lo humano. Dividid vuestras horas dedicando algunas al trabajo y ofrecedle las horas de descanso a vuestra amada. Calculad vuestra fortuna y no os censuraré que le hagáis algún regalo con lo que os quede después de cubrir vuestras necesidades, aunque no con excesiva frecuencia: por ejemplo, el día de su cumpleaños o de su santo». Si sigue estos consejos será un joven de provecho, y le recomendaría a cualquier señor que lo sentara al frente de alguna corporación. Pero significaría el final de su amor, y si es un artista, el final de su arte. ¡Oh, amigo mío! ¿Por qué la tempestad del genio se desata tan de tarde en tarde, adentrándose entre altas olas de espuma y estremeciendo vuestro asombrado espíritu? Queridos amigos, el torrente del genio no se desata porque a ambas orillas viven tranquilos señores que perderían sus pabellones, sus campos de tulipanes y sus huertos y que por eso saben prevenir el peligro que les amenazará en el futuro con diques y presas.

27 de mayo

Veo que me he dejado llevar por el éxtasis del momento, los símiles y la declamación, y al hacerlo he olvidado contarte qué pasó con los niños. Estuve sentado sobre el arado unas dos horas, sumido en las sensaciones pictóricas que te presenté de forma fragmentaria en mi carta de ayer. Al atardecer se aproxima a los niños, que no se habían movido un ápice en todo este tiempo, una mujer joven con un cestillo en el brazo y les grita desde lejos: «Philipps, has sido muy bueno». Me saludó, yo se lo agradecí, me levanté, y mientras me acercaba le pregunté si era la madre de los niños. Contestó que sí, y mientras le daba al mayor medio panecillo dulce, levantó al pequeño y lo besó con todo su amor maternal. Me dijo que le había confiado el pequeño a Philipps para que lo cuidase mientras ella iba a la ciudad con el mayor para comprar pan blanco, azúcar y una cazuela de barro. Vi todo en el cesto, cuya tapa se había caído. «Quería hacerle a mi Hans (ése era el nombre del más pequeño) una sopita para cenar; el bribón del mayor me rompió ayer la cazuela cuando se puso a pelear con Philipps por los restos de las gachas». Le pregunté por el mayor y apenas me había respondido que estaba en la pradera persiguiendo a unos gansos, cuando llegó de repente y le trajo al segundo una vara de avellano. Seguí conversando con la mujer y me enteré de que era la hija del maestro, y de que su marido había emprendido un viaje a Suiza para obtener la herencia de un primo. Me dijo que habían intentado engañarlo y que no habían respondido a sus cartas, así que acudió allí en persona. Esperaba que no le hubiera pasado nada malo, porque no había tenido noticias suyas. Me resultó difícil separarme de la mujer, le di una moneda a cada uno de los niños y le entregué otra a la madre para que le comprara un panecillo para la sopa al más pequeño si iba a la ciudad, y así nos despedimos.

Querido amigo, cuando soy incapaz de dominar mis sentidos, el tumulto se apacigua y suaviza al ver a una criatura así que se enfrenta al estrecho círculo de su existencia con feliz serenidad, que trabaja para ir superando el día a día y que al ver caer las hojas sólo piensa que el invierno se acerca.

Desde aquel día salgo a menudo. Los niños se han habituado a mí, les doy azúcar cuando bebo café y comparten conmigo el pan con mantequilla y la leche amarga por las tardes. Los domingos nunca les falta una moneda, y si no estoy allí después de la oración, la posadera tiene orden de dársela.

Confían en mí, me cuentan todo tipo de cosas y disfruto especialmente al ver su apasionamiento y sus sencillos arrebatos de entusiasmo cuando se reúnen con otros niños del pueblo.

Me ha costado mucho esfuerzo convencer a la madre de que abandonara esa preocupación que tenía de que sus hijos, como decía, pudieran incomodar al señor.

30 de mayo

Lo que te dije recientemente de la pintura es también válido para el arte de la poesía. Se trata tan sólo de reconocer lo sublime y atreverse a expresarlo, y con tan poco queda dicho mucho. Hoy he vivido una escena que escrita tal como sucedió, supondría el idilio más hermoso del mundo; sin embargo, ¿qué es eso de poesía, escena e idilio? ¿Es que siempre hay que ocuparse de pequeñeces cuando nos encontramos ante una manifestación de la naturaleza?

Si tras esta introducción esperas algo elevado y distinguido, estás de nuevo muy equivocado. No ha sido sino un muchacho campesino quien ha despertado en mí tan vivo interés. Te lo contaré mal, como acostumbro, y tú creo que lo considerarás exagerado, como acostumbras; se trata de nuevo de Wahlheim, otra vez Wahlheim, la que origina estas singularidades.

Fuera, bajo los tilos, había un grupo bebiendo café. Como no me apetecía su compañía, puse un pretexto para mantenerme al margen. Un muchacho campesino acababa de llegar de una casa vecina y estaba ocupado arreglando algo en el arado que dibujé hace poco. Como me agradó su persona, le hablé, le pregunté por su vida y al poco ya nos habíamos presentado, y como me sucede a menudo con este tipo de gente, cogimos confianza. Me explicó que estaba al servicio de una viuda y que era ella quien lo mantenía. Me contó tantas cosas sobre ella y la alabó de tal forma que pronto pude darme cuenta de que estaba enamorado en cuerpo y alma. Ella ya no era joven, me dijo, y su primer marido la había tratado mal, por lo que ya no quería casarse, y en su narración daba a entender claramente lo hermosa, lo fascinante que le parecía y cuánto deseaba que lo eligiera para borrar el recuerdo de los errores de su primer esposo. Tendría que repetirla palabra por palabra para que pudieras ver la pureza de sus sentimientos, el amor y la fidelidad de esta persona. Sí, tendría que poseer el don de los grandes poetas para poder darle vida a la expresividad de sus gestos, la armonía de su voz, el secreto fuego de su mirada. No, ninguna palabra representa la delicadeza que había en sus maneras y en su forma de expresarse; todo lo para que pudiera repetir resultaría tosco. Me emocionaron especialmente sus temores acerca de lo que yo pudiera pensar de su relación con alguien de distinta clase, y de que dudara de la honra de su amada. Sólo en el interior de mi alma puedo reproducir la fascinación que me produjo oírle hablar de su figura, de su cuerpo, que lo atraía poderosamente y lo encadenaba a ella a pesar de carecer del atractivo de la juventud. En toda mi vida nunca había visto un deseo tan urgente ni un ansia tan apasionada y de tanta pureza; incluso puedo decir que ni siquiera en mis pensamientos o en mis sueños había imaginado pureza tal. No me reprendas si te digo que al recordar esta inocencia y esta sinceridad, mi alma arde en lo más profundo, y que la imagen de esta fidelidad y esta delicadeza me acompañará a todas partes, y que yo mismo, inflamado por ella, también suspiro y languidezco.

Ahora quiero buscarla y verla lo antes posible, aunque, si lo pienso mejor, creo que la evitaré. Es preferible verla a través de los ojos de su enamorado; quizás ante mis propios ojos no tenga la misma apariencia que tiene ahora ante los ojos de mi espíritu, así que, ¿por qué estropearme tan bella imagen?

16 de junio

¿Por qué no te escribo? ¡Y tú me lo preguntas a pesar de ser tan sabio! Deberías suponer que me encuentro bien y que… En resumen, he conocido a alguien que tengo dentro del corazón. He… no lo sé.

Será difícil contarte de manera ordenada cómo es posible que haya conocido a una de las criaturas más adorables que existen. Me siento satisfecho y feliz, por lo que no seré un buen narrador.

¡Un ángel! Bueno, esto es lo que cualquiera dice de su amada, ¿verdad? Y sin embargo soy incapaz de describirte su perfección y por qué es perfecta; baste con decirte que ha cautivado todo mi ser.

Tanta sencillez y tanto entendimiento, tanta bondad junto a tanta firmeza, y la serenidad de espíritu en la vida real y en todo lo que hace…

Cuanto te diga de ella no es más que un desagradable desatino, abstracciones fastidiosas que no representan ni un solo rasgo de su ser. En otra ocasión… no, no será en otra ocasión, te lo contaré ahora mismo. Si no lo hago ahora, no lo haré nunca, ya que, entre nosotros, desde que empecé a escribir he estado a punto de soltar la pluma tres veces, de mandar ensillar mi caballo y partir a galope. Y a pesar de que esta mañana me juré que iría a verla, a cada minuto me acerco a la ventana para ver a qué altura se encuentra aún el sol.

*

No he podido resistirme, tenía que ir a su encuentro. Aquí estoy de nuevo, Wilhelm, cenando pan con mantequilla y dispuesto a escribirte. ¡Qué bienestar le aporta a mi alma el verla rodeada de esos niños adorables y alegres que son sus ocho hermanos!

Si sigo así, al final sabrás tan poco como al principio. Así que presta atención, que me esforzaré por entrar en detalles.

Hace poco te escribí cómo había conocido al corregidor S*** y cómo me había pedido que lo visitara en su retiro espiritual, o mejor dicho, en su pequeño reino. Lo fui dejando y quizá nunca hubiera ido si la casualidad no me hubiera descubierto el tesoro que yacía oculto en aquella tranquila región.

Nuestros jóvenes habían organizado un baile en el campo, al que yo acudí gustoso. Le ofrecí mi compañía a una muchacha del lugar bella y bondadosa, aunque bastante anodina, y acordamos que cogería un coche, acudiría al lugar de la fiesta con mi bailarina y su prima y por el camino recogería a Charlotte S***. «Vais a conocer a una hermosa dama», me dijo mi acompañante mientras cruzábamos un extenso bosque talado cercano al pabellón de caza. «Tened cuidado, me advirtió la prima, no os vayáis a enamorar». «¿Por qué?», dije yo. «Ya está prometida, respondió aquélla, con un hombre muy formal que se encuentra de viaje para arreglar algunos asuntos, porque su padre ha muerto y quiere alcanzar una posición respetable». Acogí el comentario con bastante indiferencia.

El sol distaba aún un cuarto de hora de la cima de las montañas cuando nos detuvimos ante las puertas del patio. Hacía mucho bochorno y las damas expresaron su preocupación por la tormenta que parecía concentrarse en el horizonte formando nubecillas grisáceas y cargadas de lluvia. Disipé su miedo simulando tener conocimientos meteorológicos, aunque yo mismo comenzaba a temer que nuestra fiesta acabaría pasada por agua.

Acababa de bajar del coche cuando una doncella que vino hasta la puerta nos rogó que tuviéramos la bondad de aguardar unos instantes: mademoiselle Lotte vendría de inmediato. Atravesé el patio tras la casa, de hermosa construcción, y cuando ascendí por la escalera que allí se encontraba y crucé la puerta, descubrí la escena más encantadora que he visto nunca. En la antesala pululaban seis niños de dos a once años alrededor de una muchacha de hermosa figura y mediana altura que llevaba un vestido blanco y sencillo, con cintas rojo pálido en el pecho y los brazos. Tenía una hogaza de pan negro y le cortaba una rebanada proporcional a su edad y apetito a los pequeños que tenía a su alrededor; se las entregaba con la mayor amabilidad y todos le daban espontáneamente las gracias mientras estiraban sus manitas hacia arriba antes incluso de que las hubiese cortado y salían dando saltos con su trozo de pan; si su carácter era más calmado, se acercaban tranquilamente a la puerta del patio para ver a los extraños y el coche en el que debía partir su querida Lotte. «Os ruego que me perdonéis, dijo, por haberos obligado a entrar y hacer esperar a las damas. Ocupada en vestirme y en dar toda clase de instrucciones para la casa durante mi ausencia, he olvidado prepararles a los niños su cena y no quieren que nadie que no sea yo les corte el pan». Le hice una alabanza distraída, pues toda mi alma estaba concentrada en su figura, su tono, en su comportamiento. Tuve el tiempo justo de recuperarme de la sorpresa cuando entró en una habitación para coger sus guantes y su abanico. Los pequeños me observaban de soslayo a cierta distancia y yo me acerqué al más pequeño, un niño con un rostro de lo más agraciado. Retrocedió justo cuando Lotte salía por la puerta y decía: «Louis, dale la mano al señor primo». El niño lo hizo de muy buena gana y no pude evitar besarlo con el mayor cariño a pesar de su naricilla llena de mocos. «¿Primo? —dije mientras le ofrecía mi mano—, ¿creéis que merezco la suerte de ser pariente vuestro?». «Oh —dijo ella con una sonrisa despreocupada—, tenemos muchos primos, y lamentaría que usted fuera peor que ellos». Mientras caminaba le encargó a Sophie, una muchacha de unos once años que era la hermana mayor después de ella, que cuidara de los niños y que le diera recuerdos a papá cuando regresara a casa después de su paseo a caballo. A los menores les dijo que debían obedecer a Sophie como si fuera ella misma y algunos se lo prometieron formalmente. Pero una rubita sabiondilla de seis años dijo: «Pero no lo eres; Lotte, nosotros te preferimos a ti». Los dos muchachos mayores se habían encaramado a la parte de atrás del coche y, por petición mía, su hermana les permitió que viajaran con nosotros hasta antes de llegar al bosque si prometían no hacer el tonto y agarrarse muy fuerte.

Apenas nos habíamos puesto cómodos, se saludaron las muchachas y comenzaron a intercambiar comentarios sobre su aspecto, especialmente sobre los sombreros, y a repasar cuáles eran las personas a las que se esperaba en el baile. Entonces Lotte detuvo al cochero y mandó bajar a sus hermanos. Éstos buscaron de nuevo su mano para besarla, algo que el mayor, de unos quince años, hizo con toda la delicadeza, mientras que el otro se abalanzó sobre ella apasionadamente. Les envió de nuevo recuerdos para los pequeños y continuamos nuestro camino.

La prima le preguntó a Lotte si ya había terminado el libro que le había enviado hacía poco. «No, respondió, no me gusta, podéis llevároslo. El anterior tampoco me pareció mejor». Cuando pregunté qué tipo de libros eran me sorprendió que me respondiera ***. Encontré gran personalidad en todo lo que decía, veía que cada palabra resaltaba nuevos encantos, nuevos resplandores de su espíritu surgían en su rostro, y ella parecía ir disfrutando cada vez más de la conversación, ya que notaba que yo la comprendía.

«Cuando era más joven —dijo— no había nada que amase más que las novelas. Sólo Dios sabe lo bien que me sentía cuando me sentaba los domingos en una esquina y podía ser partícipe con todo mi corazón de la fortuna y la desgracia de alguna Miss Jenny. Tampoco quiero negar que este género aún posea cierto atractivo para mí. Sin embargo, ahora que ya no dispongo de tanto tiempo para leer, el libro tiene que gustarme mucho. Y el autor es la persona a la que más quiero, en quien me reencuentro con mi mundo y a quien le sucede lo mismo que a mí, y cuyas historias me resultan tan interesantes y entrañables como mi propia vida doméstica, que si bien no es ningún paraíso, sí que me supone una fuente de indescriptible felicidad».

Me esforcé por ocultar la emoción que me producían estas palabras. La verdad es que no aguanté demasiado, ya que cuando oí hablar de pasada con tal honestidad del sacerdote de Wakefield, perdí el control, le dije todo lo que sentía como necesario y sólo tras algún tiempo, cuando Lotte dirigió la conversación a las otras, noté que las demás me habían estado observando con los ojos muy abiertos, como si las hubiera estado ignorando por completo. La prima me miró más de una vez con ojos burlones, aunque no me importó.

La conversación derivó en el placer de la danza. «Si esta pasión es un desatino —dijo Lotte—, entonces confieso gustosa que no conozco nada que supere al baile. Y si tengo algo rondándome la cabeza, me basta con tocar una contradanza en mi piano desafinado y todo vuelve a estar bien».

¡Cómo me deleité con sus negros ojos durante la conversación! ¡Cómo cautivaban mi alma sus vivaces labios y sus mejillas lozanas y alegres! ¡Cómo me sumergía en su conversación, en su sublime inteligencia, a menudo sin oír las palabras con las que se expresaba! Podrás imaginártelo, porque ya me conoces. En resumen, me apeé del coche como un sonámbulo cuando nos detuvimos ante la casa de recreo, y, como en sueños, me sentí tan perdido en aquel mundo crepuscular, que apenas atendí a la música que nos recibía descendiendo desde el iluminado salón.

Los dos señores Audran y un tal N. N. —¡quién puede retener todos los nombres!—, que eran las parejas de baile de la prima y de Lotte, nos recibieron de inmediato, se llevaron a sus acompañantes y yo conduje a la mía hasta la sala.

Formamos filas mientras bailábamos minués; yo solicitaba a una dama tras otra y eran precisamente las más insoportables las que no caían en la cuenta de darle a uno la mano y terminar con la pantomima. Lotte y su pareja comenzaron una danza inglesa y ya te imaginarás lo bien que me sentí cuando ella acabó en nuestra fila y comenzó la figura con nosotros. ¡Hay que verla bailar! Imagina, lo hace con todo su corazón y con toda su alma, todo su cuerpo es una armonía, despreocupado, libre, como si eso fuera realmente todo, como si no pensara en nada más, como si no sintiera nada más; y seguro que durante esos momentos todo lo demás desaparece para ella.

Le pedí la segunda contradanza; ella me concedió la tercera y me aseguró con la sinceridad más encantadora del mundo que le encantaban los bailes alemanes. «Aquí está de moda, prosiguió, que cada pareja que ha venido junta baile también la danza alemana formando pareja, pero mi acompañante baila tan mal el vals que me agradecerá que le libre de esta obligación. Su dama tampoco sabe y además no le gusta, y durante la inglesa me he dado cuenta de que usted es buen bailarín; así que si quiere ser mi pareja para la alemana, vaya a pedírselo a mi acompañante y yo iré a hablar con la suya». Yo me mostré de acuerdo y acordamos que su pareja le daría conversación a la mía.

¡Entonces comenzó! Y nos cogimos de los brazos durante un tiempo enredados en distintas figuras. ¡Con qué encanto, con qué ligereza se movía! Y llegamos a los valses, y como las parejas comenzaron a girar como esferas, al principio se formó un pequeño lío, porque hay pocos que sepan bailarlo. Nosotros fuimos listos y los dejamos desfogarse, y cuando los menos hábiles despejaron la pista, entramos nosotros y nos batimos dignamente con otra pareja, con Audran y su acompañante. Nunca me había dejado llevar tanto. Ya no era un ser humano. Tener en los brazos a la criatura más adorable y volar con ella como un torbellino, haciendo que todo a nuestro alrededor desapareciera y… Wilhelm, para serte sincero, me juré que una muchacha a la que amara y sobre la que tuviera algún derecho no bailaría valses con otra persona que no fuera yo aunque me costara la vida. ¡Seguro que me entiendes!

Dimos algunos paseos por la sala para recobrar el aliento. Entonces se sentó y las naranjas que había traído conmigo y de las que sólo quedaban algunas tuvieron un efecto formidable, aunque con cada gajito que ella compartía honorablemente con una vecina nada comedida sentía que un dardo me atravesaba el corazón.

Durante la tercera danza inglesa fuimos la segunda pareja. Atravesamos las hileras bailando y yo era la más sincera expresión del más puro placer, y sólo Dios sabe con cuánta satisfacción iba prendido de su brazo y de sus ojos. Entonces llegamos a la altura de una mujer que me había llamado la atención por lo adorable de su gesto a pesar de que su rostro ya no era del todo joven. Observó a Lotte sonriendo, levantó un dedo amenazador y mientras pasaba a nuestro lado repitió dos veces, cargada de intención, el nombre de Albert.

«¿Quién es Albert? —le dije a Lotte—, si no es indiscreción preguntar». Estaba a punto de responder cuando tuvimos que separarnos para hacer el gran ocho y me pareció ver su frente ensombrecida por la reflexión cuando nos cruzábamos. «¿Por qué habría de negárselo?», me dijo mientras me ofrecía su mano para el paseo. «Albert es una buena persona con la que estoy prácticamente prometida». Para mí esto no suponía nada nuevo (las muchachas me lo habían dicho durante el trayecto) y sin embargo tuve la sensación de que era nuevo, porque hasta entonces no lo había tenido en cuenta en mi comportamiento con ella, a quien tanto cariño había tomado en tan poco tiempo. En resumen, me sentí desconcertado, me olvidé de todo y me metí en medio de la pareja que no era, de manera que todo se volvió confusión y fue necesaria toda la habilidad de Lotte, quien tiró de mí y me guio para volver a poner orden lo antes posible.

El baile aún no había terminado cuando los rayos que habíamos visto brillar en el horizonte tiempo antes, y que hasta entonces había considerado como mero resultado del calor, comenzaron a hacerse más fuertes y los truenos triunfaron sobre la música. Tres damas abandonaron el baile seguidas por sus acompañantes; el desorden se generalizó y la orquesta dejó de tocar. Es natural que cuando una desgracia o algo horrible nos sorprende durante el placer, la impresión que deje sea más fuerte de lo habitual, en parte porque el contraste resulta más llamativo, y sobre todo porque nuestros sentidos están abiertos a las sensaciones y absorben las impresiones con mayor velocidad. Considero éstas las causas del extraño comportamiento que mostraron varias damas. La más inteligente se sentó en una esquina dándole la espalda a la ventana al tiempo que se tapaba los oídos. Otra se arrodilló ante ella y ocultó la cabeza en el regazo de la primera. Una tercera se deslizó entre ambas y abrazó a sus compañeras entre miles de lágrimas. Algunas querían irse a casa; otras, que aún tenían menos idea de qué hacían, carecían de la suficiente presencia de ánimo como para controlar la audacia de nuestros jóvenes, que parecían muy ocupados en robar de los labios de las jóvenes bellas y asustadas las oraciones temerosas que destinaban al cielo. Algunos de nuestros caballeros se dirigieron a la planta inferior para fumarse una pipa tranquilos. Y el resto del grupo aceptó gustoso la aguda ocurrencia de la anfitriona de llevarnos a una habitación provista de cortinas y contraventanas. Apenas llegamos allí, Lotte se encargó de formar un círculo con las sillas y cuando todos se hubieron sentado a petición suya, comenzó a explicar un juego.

Vi a algunos que se relamían y se enderezaban esperando que el juego les granjeara alguna suculenta prenda. «Jugaremos a los números», anunció Lotte.

«¡Pero cuidado! Yo caminaré rodeando el círculo de derecha a izquierda y vosotros tendréis que contar también siguiendo el círculo diciendo cada uno el número que le corresponda y hay que hacerlo muy rápido y quien se equivoque o titubee recibirá un cachete, y así hasta llegar a mil». Fue algo digno de verse. Comenzó a andar con el brazo extendido siguiendo el corro. «Uno», comenzó el primero; el vecino, dos; el siguiente, tres y así sucesivamente. Entonces comenzó a caminar cada vez más rápido, cada vez más rápido. Uno se equivocó y ¡plas!, un cachete, y el siguiente, que se estaba riendo, también ¡plas! Y más y más rápido. Yo mismo me llevé dos pescozones y creí notar con secreto placer que eran más fuertes que los que acostumbraba a asestarle a los otros. El juego terminó antes de que se llegara a mil con varias carcajadas y un murmullo de satisfacción generalizado. Los que tenían mayor confianza se fueron alejando juntos, la tormenta había cesado y yo seguí a Lotte a la sala. Por el camino me dijo: «Con los cachetes se han olvidado de la tormenta y de todo lo demás». No pude responder nada. «Yo, continuó, era una de las que más miedo tenía y como me propuse decididamente insuflar valor a los demás, acabé sintiéndome valiente yo misma». Nos acercamos a la ventana. Afuera tronaba, una lluvia maravillosa murmuraba sobre el campo y el más vivificante aroma ascendió en todo su esplendor acompañado de un aire cálido. Ella estaba de pie, apoyada sobre sus codos; su mirada atravesaba la región, miraba al cielo y me miraba a mí, vi sus ojos llenos de lágrimas, ella posó su mano sobre la mía y dijo: «¡Klopstock!». Recordé inmediatamente aquella sublime oda a la que se refería y me sumergí en la corriente de sensaciones que despertó en mí con este sortilegio. No pude resistirme más, me incliné sobre su mano y la besé entre las más deliciosas lágrimas. Y volví a buscar sus ojos. ¡Noble poeta! ¡Si hubieras visto tu divinización en esta mirada! ¡Ya no quiero que nadie profane tu nombre mencionándolo!

19 de junio

No sé dónde dejé mi narración; sé que eran las dos de la madrugada cuando me fui a la cama y que si hubiese podido hablar contigo en lugar de escribirte, quizá mi cháchara te hubiera tenido despierto hasta la mañana.

Aún no te he contado cómo iniciamos nuestro viaje de regreso del baile, pero hoy no tengo el día para hacerlo.

Fue el más maravilloso amanecer. ¡A nuestro alrededor el bosque goteaba y el campo estaba fresco! Nuestras acompañantes se habían quedado dormidas. Ella me preguntó si no querría también acompañarlas. «Mientras vea estos ojos abiertos, le dije mirándola fijamente, no hay ningún peligro de que me duerma». Y ambos nos mantuvimos despiertos hasta que llegamos a la puerta. La doncella abrió sin hacer ruido y respondió a las preguntas de Lotte asegurando que su padre y los pequeños se encontraban bien y que todos dormían aún. Entonces la abandoné con la petición de que me permitiera verla ese mismo día. Ella aceptó y acudí; y desde entonces el sol, la luna y las estrellas pueden cumplir sus obligaciones con toda tranquilidad, que yo no sé si es de día o de noche porque el mundo entero se desvanece a mi alrededor.

21 de junio

Vivo unos días tan felices como los que Dios debe reservarles a sus santos, y pase lo que pase conmigo, no podré decir que no he disfrutado la alegría de vivir, la alegría más pura. Ya conoces mi Wahlheim; estoy completamente establecido, desde allí sólo necesito media hora para llegar a donde vive Lotte, donde me siento yo mismo y noto toda la felicidad que le ha sido concedida al ser humano.

¡Si hubiera pensado que Wahlheim está tan cerca del cielo cuando lo elegí como destino de mis paseos! ¡Cuántas veces vi el pabellón de caza que ahora encierra todos mis deseos durante mis caminatas, a veces desde las montañas, a veces desde la llanura por encima del río!

Querido Wilhelm, he reflexionado mucho sobre el deseo humano de desarrollarse, de hacer nuevos descubrimientos, de recorrer mundo; y también sobre el impulso interior de entregarse voluntariamente a la limitación de viajar siguiendo los raíles de lo rutinario, sin preocuparse de lo que sucede a derecha o a izquierda.

Es un milagro la forma en la que llegué aquí y cómo divisé el hermoso valle desde la colina, cómo me atrajo todo a mi alrededor. ¡El bosquecillo aquél! ¡Si pudieras confundirte entre sus sombras! ¡La cima de la montaña! ¡Si pudieras otear desde allí tan amplia región! ¡La encadenación de colinas y los acogedores valles! ¡Si pudiera perderme en ellos! Acudí allí a toda prisa y regresé sin haber encontrado lo que esperaba. ¡Con la distancia sucede lo mismo que con el futuro! Una totalidad grande y tenebrosa descansa ante nuestro espíritu, nuestra percepción se diluye allí, así como nuestra visión, y ansiamos, ay, entregar todo nuestro ser y dejar que nos colme todo el placer de un único sentimiento grande y sublime. ¡Y ay!, cuando nos apresuramos en llegar, cuando el allí se convierte en aquí, todo es como antes y seguimos con nuestra pobreza, con nuestras limitaciones, y nuestro espíritu suspira por el alivio que acaba de escabullirse.

Así el vagabundo inquieto acaba añorando su patria y encuentra en su cabaña, en el pecho de su esposa, en el círculo de sus hijos y en el trabajo para lograr su sustento la dicha que en vano ha buscado por el ancho mundo.

Por las mañanas, al amanecer, parto hacia mi Wahlheim y allí, en el jardín de la posada, cojo yo mismo mis guisantes, me siento, los escojo y mientras tanto leo a mi Homero; elijo una cazuela en la pequeña cocina, la unto de mantequilla, pongo las vainas al fuego, las tapo y me siento al lado removiéndolas de vez en cuando; entonces soy capaz de sentir como si hubieran cobrado vida aquellos pretendientes arrogantes que mataban bueyes y cerdos, los despedazaban y los asaban para Penélope. No hay nada que me llene con una sensación de tranquilidad y autenticidad mayores que los rasgos de vida patriarcal que, gracias a Dios, puedo introducir en mi vida sin afectación.

Qué bien me sienta el que mi corazón pueda hacer suya la satisfacción simple e inocente de los hombres que ponen sobre su mesa las hortalizas que ellos mismos han recogido y que no sólo saborean la col que están comiendo, sino todos los días felices, la hermosa mañana en la que la plantó o la tarde deliciosa en que la regó; y ya que los progresos de su crecimiento le proporcionaron sincera alegría, es capaz de disfrutarlos de nuevo en esos momentos.

29 de junio

Anteayer vino el médico de la ciudad a ver al corregidor, y me encontró en el suelo bajo los hermanos de Lotte, algunos gateando sobre mí, otros burlándose de mí, y, mientras, yo les hacía cosquillas y causaba un enorme griterío. El doctor, un pelele muy dogmático, que durante las conversaciones se dedica a doblar los puños de su camisa y a estirar sin descanso su gorguera, consideraba aquello como indigno de una persona discreta; lo noté en su nariz. Pero no dejé que eso me incomodara en absoluto, le dejé que tratara sus asuntos razonabilísimos y les reconstruí a los niños el castillo de naipes que habían derruido. Después se fue a la ciudad quejándose de que los hijos del corregidor ya eran suficientemente maleducados como para que viniera Werther a malcriarlos aún más.

Sí, querido Wilhelm, los niños son lo más cercano a mi corazón que existe sobre la tierra. Cuando los observo y advierto en esos pequeños la simiente de todas las virtudes, de todas las fuerzas que tanta falta les harán más adelante; cuando vislumbro en la testarudez la futura firmeza y determinación del ánimo, en las travesuras el futuro buen humor, la ligereza de enfrentarse a los peligros del mundo, ¡todo tan puro, tan fresco! Siempre, siempre repito entonces las doradas palabras del Maestro de los hombres: ¡Si no os volvéis y os hacéis como niños! Y sin embargo, querido amigo, a aquellos que son nuestros iguales, a los que deberíamos observar como modelos, los tratamos como súbditos. ¡No pueden tener voluntad propia! ¿Es que nosotros no la tenemos? Y ¿Dónde radica nuestro privilegio? ¡Porque somos mayores y más sabios! Señor nuestro, desde el cielo ves niños mayores y niños pequeños, nada más, y tu hijo nos manifestó hace tiempo cuáles son los que te causan mayores alegrías. Pero ellos creen en Él y no lo escuchan —¡esto también es algo de mayores! —, y educan a sus hijos a su imagen y… ¡Adieu, Wilhelm!

No quiero seguir desvariando sobre este tema.

1 de julio

Lo que Lotte debe suponer para un enfermo es algo que puedo sentir en mi pobre corazón, que se encuentra peor que algunos que languidecen en el lecho del dolor. Pasará algunos días en la ciudad en la casa de una honrada mujer que se está acercando a su final, según palabras del doctor, y que quiere tener a Lotte a su lado en estos últimos momentos.

La semana pasada fui con ella a visitar al párroco de San***; un pequeño lugar situado en las montañas a una hora de distancia. Llegamos allí sobre las cuatro. Lotte se había llevado a la segunda de sus hermanas. Cuando entramos en el patio de la casa parroquial, al que dos nogales ofrecían su sombra, aquel hombre bueno y anciano se encontraba sentado en un banco junto a la puerta de su casa. Al ver a Lotte se sintió revivir y, olvidando su bastón de nudos, se atrevió a levantarse y salir a su encuentro. Ella corrió a su lado, le rogó que no se esforzara al tiempo que se sentaba junto a él, le transmitió muchos recuerdos de su padre e hizo que se marchara su hijo menor, un niño sucio y antipático que era la debilidad del anciano. Deberías haberla visto ocupándose del buen hombre, elevando la voz para que sus oídos casi sordos pudieran percibirla, hablándole de jóvenes robustos que murieron de forma inesperada o de las virtudes de los baños de Karlsbad; alababa la decisión del anciano de acudir allí el próximo verano y afirmaba que tenía mucho mejor aspecto y parecía más alegre que la última vez que lo vio. Mientras tanto yo le presenté mis respetos a la señora del párroco. El anciano se sentía más animado, y como yo no pude dejar pasar la ocasión de alabar los hermosos nogales que tan agradable sombra nos proporcionaban, comenzó a contarnos su historia, aunque con algún esfuerzo. «No sabemos —dijo— quién plantó el mayor: unos dicen que fue un párroco; otros, que fue otro distinto. Sin embargo, el más joven de allí tiene los mismos años que mi esposa: en octubre serán cincuenta. Su padre lo plantó la mañana siguiente a su nacimiento. Él fue mi antecesor en el cargo y sentía infinito cariño por el árbol, cariño comparable al que siento yo. Mi esposa estaba sentada debajo de él en un banco y hacía punto cuando yo, un pobre estudiante, vine por primera vez a este patio hace veintisiete años».

Lotte preguntó por su hija: le contestó que había ido al prado con el señor Schmidt a ver a los labradores; el anciano continuó su narración explicando cómo su predecesor le tomó aprecio y también su hija y cómo llegó a ser primero su vicario, para luego convertirse en su sucesor. Poco después de concluir la historia, llegó al jardín la hija del párroco junto con el mencionado señor Schmidt. Le dio cordialmente la bienvenida a Lotte y he de admitir que me causó grata impresión: una morena despierta y bien proporcionada que sabría hacer que cualquier breve estancia en el campo fuera muy agradable. Su prometido (ya que como tal se presentó el señor Schmidt) era una buena persona, aunque reservada, que se resistía a tomar parte en nuestras conversaciones a pesar de los intentos de Lotte por incluirlo. Lo que más me entristecía era que sus rasgos denotaban que lo que le impedía participar era más mal humor y testarudez que falta de inteligencia. Por desgracia, más adelante esta impresión se vio claramente refrendada, ya que, durante el paseo, mientras Friederike caminaba con Lotte y a veces también conmigo, el semblante del señor, que ya era oscuro de por sí, se fue oscureciendo visiblemente, de forma que Lotte se vio obligada a tirarme de la manga y darme a entender que estaba siendo demasiado cortés con Friederike. Nada me disgusta más que ver a la gente atormentarse mutuamente, sobre todo cuando veo a jóvenes en la flor de la vida que, pudiendo disfrutar toda clase de alegrías, echan a perder con riñas los pocos días felices de los que disponen y sólo se dan cuenta demasiado tarde de que lo que han desperdiciado es irrecuperable. Seguía dándole vueltas a este tema y no pude evitar retomar el hilo y criticar sinceramente el mal humor cuando por la noche, tras regresar a la casa parroquial, nos sentamos a tomar un poco de leche y la conversación versó sobre las alegrías y las miserias del mundo.

«Los seres humanos nos quejamos a menudo —comencé— de que los días felices son pocos y que los malos son muchos, y a mí me parece que esta queja es injustificada en muchas ocasiones. Si siempre tuviéramos el corazón abierto para todo lo bueno que Dios nos ofrece cada día, entonces también tendríamos fuerzas suficientes para soportar las adversidades cuando llegan». «Pero tampoco somos señores de nuestro estado de ánimo —aseguró la esposa del párroco—; ¡Cuánto depende del cuerpo! Cuando uno no se siente bien, nada le gusta». En este punto coincidí con ella. «¿Así que —continué— lo veremos como una enfermedad y preguntaremos si hay alguna medicina para sanarla?». «Es posible —dijo Lotte—: al menos creo que mucho depende de nosotros mismos. Yo lo sé por propia experiencia. Cuando algo me angustia y siento que voy a ponerme de mal humor, me levanto y canto un par de contradanzas mientras paseo por el jardín y en un abrir y cerrar de ojos ha desaparecido». «Eso es lo que quería decir —apunté—, con el mal humor sucede exactamente lo mismo que con la indolencia, porque es un tipo de pereza. Forma parte de nuestra naturaleza y sin embargo, cuando reunimos las fuerzas para hacer un esfuerzo, el trabajo avanza rápidamente y encontramos auténtico placer en la actividad». Friederike estaba muy atenta, y el joven se dirigió a mí: «No se puede controlar el propio yo, sobre todo en el ámbito sentimental». «Hablamos —repuse— de una sensación desagradable de la que cualquiera desea librarse; y nadie sabe hasta dónde alcanzan sus fuerzas hasta que lo ha intentado. Lo que es seguro es que un enfermo le preguntará a todos los médicos y aceptará con la mayor resignación los medicamentos más amargos en aras de recuperar su anhelada salud». Noté que el honorable anciano esforzaba su oído para participar en nuestra discusión, por lo que elevé el tono de mi voz y llevé la conversación a su terreno. «Se predica contra muchos pecados —dije—, pero nunca he oído que se haya tratado desde el púlpito el tema del mal humor». «Ésa es tarea de los párrocos de ciudad —dijo—, los campesinos no tienen mal humor; en cualquier caso no creo que venga mal hacerlo de vez en cuando; al menos sería una lección para el señor administrador y su señora». Los presentes se rieron y él los acompañó sinceramente hasta que le entró un ataque de tos que interrumpió nuestra discusión durante un rato; entonces el joven volvió a tomar la palabra: «Usted calificó el mal humor de pecado; a mí esta consideración me parece excesiva». «De ninguna manera —respondí— si es que lo que daña a uno mismo y al prójimo merece este nombre. ¿Es que no es suficiente que no podamos hacernos felices mutuamente para que además nos arrebatemos unos a otros el placer que cada corazón pueda albergar de vez en cuando? ¡Y muéstreme a una persona que sufra mal humor y tenga la consideración de ocultarlo, de cargar sola con él sin destruir la alegría a su alrededor! ¿O no se trata más bien de un enfado íntimo ante nuestra propia indignidad, un descontento sobre nosotros mismos que siempre está vinculado con la envidia que azuza la estúpida arrogancia? Vemos a seres felices a los que nosotros no podemos hacer felices, y eso es insoportable». Lotte me sonrió al ver la intención de mi discurso, y una lágrima en los ojos de Friederike me espoleó a continuar. «Ay de aquellos —continué— que hacen uso del poder que tienen sobre un corazón para robarle la sencilla alegría que germina en su interior. Todos los regalos, todas las atenciones del mundo no sirven para sustituir ese instante del placer que nos ha amargado la envidiosa incomodidad de nuestro tirano».

Mi corazón estaba henchido en estos momentos; los recuerdos de algunos sucesos pasados se abrían paso en mi espíritu y mis ojos se poblaron de lágrimas.

«Sólo haría falta decirse a diario lo siguiente —exclamé—: lo único que tienes que hacer por tus amigos es permitirles conservar sus alegrías y aumentar su felicidad compartiéndola con ellos. Cuando alguna pasión que les produzca temor torture su alma, cuando alguna preocupación la perturbe, ¿serás capaz de proporcionarles algo de alivio?

»Y cuando la última y más angustiosa enfermedad caiga sobre la criatura que has socavado durante los días de plenitud y ahora yace ante ti sufriendo una lastimosa fatiga, mirando al cielo con ojos apagados, con la pálida frente cubierta de sudor mortal, y tú estés de pie ante la cama como un condenado, con el convencimiento interno de que nada puedes hacer con toda tu fortuna, y el miedo te atenaza por dentro, y darías todo para poderle aportar una chispa de alegría, una pizca de fortaleza, a esta criatura que muere».

El recuerdo de una escena así en la que yo estuve presente cayó sobre mí con toda su violencia al pronunciar estas palabras. Cubrí mis ojos con el pañuelo y abandoné la conversación, y sólo la voz de Lotte diciéndome que nos íbamos consiguió que volviera en mí. ¡Y cómo me reprendió durante el camino acerca de mi excesiva implicación en todo, y cómo me advirtió que eso acabaría conmigo, que debía cuidarme! ¡Ay, ángel! ¡Si es tu voluntad, viviré!

6 de julio

Siempre está cerca de su amiga agonizante, y siempre es la misma, siempre la criatura excelsa de constante presencia y que allá donde mire mitiga los dolores y hace felices a los demás. Ayer por la tarde salió a dar un paseo con Marianne y el pequeño Malchen; yo, que lo sabía, salí a su encuentro y nos fuimos juntos. Tras un paseo de hora y media regresamos a la ciudad, pasando junto a la fuente a la que tanto cariño le tengo y que ahora me parece mil veces más valiosa. Lotte se sentó sobre el murete y nosotros permanecimos de pie ante ella. Miré a mi alrededor y, ¡ay!, ese tiempo en el que mi corazón estaba tan solo revivió ante mí. «Fuente adorada —dije—, desde entonces no he vuelto a descansar junto a tu frescor; a veces he pasado apresuradamente a tu lado sin tan siquiera mirarte». Bajé la mirada y vi que Malchen subía con esfuerzo portando un vaso de agua. Marianne quería quitárselo. «¡No! —gritó el niño con la expresión más dulce—, ¡no! ¡Lotte, tú debes beber primero!». Estaba tan fascinado por la sinceridad y la bondad con la que lo dijo que no pude expresar mis sentimientos de otra manera que levantando al niño del suelo y besándolo con tanta viveza que pronto empezó a gritar y a llorar. «Eso no ha estado bien», dijo Lotte. Me sentí confuso. «Vamos, Malchen —continuó cogiéndolo de la mano y bajando los escalones—, lávate en la fuente, venga, venga, no te va a hacer nada». Yo permanecí allí observando con cuánto empeño se frotaba el pequeño las mejillas con sus manitas húmedas, con cuánta fe en que aquella fuente maravillosa limpiaría cualquier impureza y eliminaría la infamia de que le saliera una fea barba. A pesar de que Lotte dijo que era suficiente, el niño siguió lavándose aplicadamente, como si cuanto más se lavara, mayor fuera el efecto. Tengo que decirte, Wilhelm, que nunca he asistido con mayor respeto a ningún bautizo. Y cuando Lotte subió me hubiese arrojado gustoso a sus pies como si fuera un profeta que ha limpiado de sus pecados a toda una nación.

Sentía tal alegría en mi corazón que por la noche no pude por menos que contarle el suceso a un hombre en cuyo juicio confío —porque es razonable—; pero ¡qué respuesta recibí! Me dijo que Lotte había hecho muy mal; no había que engañar a los niños; al hacerlo se da ocasión de infinidad de equivocaciones y supersticiones, algo de lo que hay que proteger a los niños desde bien temprano. Entonces recordé que ese hombre había celebrado el bautizo de un niño ocho días antes, así que lo dejé estar y seguí siendo fiel en mi corazón a la verdad: con los niños debemos hacer lo mismo que Dios con nosotros, que nos hace más felices cuando nos permite ir dando tumbos en nuestra agradable locura.

8 de julio

¡Somos como niños! ¡Con qué ansia esperamos una mirada así! ¡Somos como niños! Habíamos ido a Wahlheim. Las damas nos acompañaron hasta la puerta y durante nuestro paseo creí ver en los negros ojos de Lotte… Soy un necio, ¡perdóname! Deberías verlos, ver esos ojos suyos. Como debo ser breve (los ojos se me cierran de sueño), mira, las damas se montaron; junto al carruaje nos encontrábamos el joven W***, Selstadt, Audran y yo. Entonces empezaron a charlar desde la portezuela con los muchachos, que son bastante banales y frívolos. Busqué la mirada de Lotte; ¡ay, iba de uno a otro! ¡Pero en mí, en mí, en mí, que me encontraba de pie resignado ante ella, en mí no recaía! Mi corazón se despedía de ella de mil maneras distintas. ¡Y ella no me veía! El carruaje se alejó y de mis ojos brotó una lágrima. La busqué con la vista y vi el tocado de Lotte recostándose sobre la portezuela, para después volverse a mirar, ¡ay!, ¿a mirarme a mí? Querido amigo, en esta incertidumbre vivo; éste es mi consuelo: ¡quizá se ha vuelto para verme! ¡Quizá! Buenas noches. ¡Ay, qué niño soy!

10 de julio

¡Tendrías que ver la imagen tan lamentable que ofrezco cuando se habla de ella en sociedad! Cuando me preguntan si me gusta su forma de ser… ¡Gustar! Odio a muerte esa palabra. ¿A qué clase de persona le puede tan sólo gustar Lotte sin colmar todos sus sentidos, todos sus sentimientos? ¡Gustar! ¡Hace poco uno me preguntó si me gustaba Ossian!

11 de julio

La señora M*** se encuentra muy grave; yo ruego por su vida porque sufro con Lotte. Apenas la veo y siempre está con alguna amiga. Hoy me ha contado un suceso singular: El viejo M*** es un granuja avaro y mezquino que le ha hecho la vida imposible a su esposa y la ha coartado todo lo que ha podido; pero su mujer siempre ha sabido salir adelante. Hace pocos días, cuando el médico le explicó que estaba a punto de morir, mandó entrar a su marido (Lotte estaba en la habitación) y habló con él de esta manera: «Debo confesarte algo que tras mi muerte pudiera causar confusión y disgusto. Hasta ahora he llevado la casa de la mejor manera y limitando los gastos todo lo posible; sin embargo, tendrás que perdonarme que te haya engañado durante estos treinta años. Al comienzo de nuestro matrimonio determinaste una pequeña suma para sufragar los costes de la cocina y otras obligaciones de la casa. Cuando nuestros gastos fueron mayores, así como nuestro negocio, no pude convencerte de que aumentaras la asignación semanal para que se correspondiera con la nueva situación; en resumen, sabes que exigías que me apañara con siete florines como máximo por semana. Yo los tomaba sin discutir y semanalmente cogía de la caja el resto que necesitaba, ya que nadie sospechaba que tu esposa sisaría de su propio negocio. No he malgastado nada y habría podido adentrarme en la eternidad con la conciencia tranquila sin necesidad de reconocerlo, si no temiera que aquella que tendrá que llevar la casa detrás de mí quizá no sepa cómo salir adelante, mientras que tú seguirás convencido de que tu primera mujer lo lograba con ese dinero».

Hablé con Lotte sobre la increíble ceguera del género humano para que no sospeche que debe de haber algo raro cuando uno ve que siete florines sirven para satisfacer unas necesidades que quizá doblen esa cantidad. Pero yo mismo he conocido a gente que hubiese tenido en su casa el frasco de aceite inagotable del profeta mencionado en el Libro de los Reyes sin asombrarse.

13 de julio

¡No, no me engaño! Puedo leer en sus negros ojos auténtico interés por mí y por mi destino. Sí, lo noto, y en esto puedo confiar en mi corazón; siento que… —oh, ¿pueden describir la gloria estas palabras? —, ¡que me ama!

¡Me ama! ¡Y cuánto me valoro, cuánto —a ti sí puedo decírtelo, porque entiendes este tipo de cosas—, cuánto me venero desde que me ama!

¿Es presunción o el sentimiento que provoca una auténtica relación? No conozco al hombre de quien temía que ocupara el corazón de Lotte. Y sin embargo… cuando habla de su prometido, cuando habla de él con tanta calidez, tanto amor… entonces me siento como alguien a quien le hubieran arrebatado su honor y dignidad tras haberlo privado de su espada.

16 de julio

¡Ay, cómo se me acelera el pulso cuando mi dedo roza casualmente el suyo, cuando nuestros pies se encuentran por debajo de la mesa! Me aparto como si de fuego se tratara, y una fuerza misteriosa me arrastra de nuevo hacia delante… mi razón se tambalea. ¡Ay! Y su inocencia, su ingenuo espíritu no percibe cuánto me martirizan sus pequeñas muestras de confianza. Cuando pone su mano sobre la mía durante una conversación; cuando, interesada por la discusión, se acerca a mí tanto que la respiración celestial de su boca alcanza mis labios, me siento desfallecer, como si me hubiera alcanzado un rayo. Y Wilhelm, ¡si alguna vez tuviera la osadía de… este cielo… esta confianza…! Tú me entiendes. No, ¡mi corazón no es tan depravado! ¡Débil! ¡Es lo suficientemente débil! ¿Y es que eso no es depravación?

Para mí Lotte es algo sagrado. Toda el ansia se silencia en su presencia. Nunca sé cómo me siento cuando estoy con ella; es como si su alma recorriera todo mi cuerpo. Ella tiene una melodía que interpreta al piano con la fuerza de un ángel, con la misma simplicidad y sentimiento. Es la canción de su cuerpo, y sólo con tocar la primera nota, me libera de todos los tormentos, las confusiones y los antojos.

Creo todo lo que se cuenta de la antigua fuerza mágica de la música. ¡Cómo me conmueve ese sencillo canto! Y cómo sabe interpretarlo en el momento justo, a menudo en aquellos instantes en los que me metería un balazo en la sien. La confusión y la oscuridad de mi alma se desvanecen y vuelvo a respirar tranquilo.

18 de julio

Wilhelm, ¿qué sería el mundo para nuestro corazón si no existiera el amor? ¡Lo mismo que una linterna mágica sin luz! ¡Apenas introduces la lamparilla, aparecen las imágenes más coloridas sobre la pared blanca! Y aunque no fuese más que un fantasma pasajero, nos produce felicidad cuando nos quedamos allí en frente como jovenzuelos y nos dejamos fascinar por esas apariciones maravillosas. Hoy no pude ir a ver a Lotte, una visita ineludible me retuvo. ¿Qué podía hacer? Envié a mi sirviente simplemente para tener a mi alrededor alguien que hubiera estado cerca de ella. ¡Con cuánta impaciencia lo esperé, cuánta alegría me causó verlo de nuevo! Le hubiera cogido la cabeza y lo hubiera besado si no me causara vergüenza.

Se dice de la fluorita que si se la pone al sol, captura sus rayos y por la noche brilla durante un rato. Así me sentía yo con el mozo. La sensación de que los ojos de mi amada habían rozado su rostro, sus mejillas, los botones de su chaqueta y el cuello de su sobretodo hacía que lo considerara algo sagrado y valiosísimo. En aquel momento no lo hubiera cambiado ni por mil táleros. Me sentía tan bien en su presencia... Que Dios te castigue si te ríes de esto. Wilhelm, ¿son fantasmas si nos hacen sentir bien?

19 de julio

«¡Voy a verla!» es lo que exclamo por las mañanas cuando quiero animarme y miro al hermoso sol lleno de alegría; ¡Voy a verla! Y durante todo el día no tengo otro deseo. Todo, todo lo devora esta esperanza.

20 de julio

Aún no quiero hacer mía la idea vuestra de acudir con el embajador a ***. No me gusta especialmente la subordinación y todos sabemos que este hombre es además una persona desagradable. Me dices que mi madre desea que haga alguna actividad: aquí me has hecho reír. ¿Es que ahora no estoy activo? Y ¿es que no es lo mismo que cuente guisantes que lentejas? En el mundo todo acaba siendo una indignidad, y una persona que, por voluntad de otro y sin que sea su propia pasión, considere como una necesidad propia el matarse a trabajar por dinero o por honor o por quién sabe qué, siempre será un necio.

24 de julio

Como has mostrado tanto interés en que no abandone mis dibujos, prefiero explicarte todo el problema en lugar de decirte que hasta ahora he hecho bien poco.

Nunca he sido más feliz, nunca ha sido más intensa e íntima mi percepción de la naturaleza, que alcanza hasta las piedrecitas, hasta las briznas de hierba, y sin embargo… no sé cómo explicarlo, la fuerza de mi imaginación es tan débil… Todo flota y se tambalea ante mi espíritu de tal manera que soy incapaz de enfrentarme ni siquiera a un esbozo; pero supongo que si tuviera arcilla o cera podría darles forma. Si esto sigue así, conseguiré arcilla y la modelaré, aunque lo único que salga de allí sean pasteles.

He comenzado el retrato de Lotte tres veces y he fracasado tres veces; me resulta tanto más molesto porque hace algún tiempo me era fácil sacar el parecido. Después he dibujado su silueta, y tendré que conformarme sólo con eso.

26 de julio

Sí, querida Lotte, me ocuparé de todo y haré las diligencias necesarias; dadme más encargos y con mucha frecuencia. Lo único que os pido es que no pongáis más arena en las notas que me escribís. Hoy me la pasé por los labios y me estuvieron crujiendo los dientes.

26 de julio

A veces me he propuesto no verla tan a menudo, pero ¿quién podría cumplirlo? Cada día sucumbo a la tentación y me prometo solemnemente: «mañana te mantendrás alejado por una vez», y cuando llega mañana encuentro de nuevo un motivo ineludible y antes de darme cuenta ya estoy con ella. Bien me dijo por la tarde: «Vendrá mañana, ¿verdad?» —¿cómo permanecer lejos? —, bien me hizo algún encargo y considero conveniente llevarle yo mismo la respuesta; o el día es demasiado hermoso, voy a Wahlheim y cuando estoy allí me doy cuenta de que sólo me separa media hora de ella. Siento que el aire que nos distancia es muy poco y ¡zas!, ya estoy allí. Mi abuela conocía un cuento sobre una montaña magnética: los barcos que se acercaban demasiado perdían de pronto todo el metal, los clavos volaban hacia la montaña y los pobres desgraciados zozobraban entre las tablas que se desplomaban unas sobre otras.

30 de julio

Albert ha llegado y yo me iré; y aunque fuera la mejor persona, la más noble que pudiera encontrarme desde cualquier punto de vista, me resultaría insoportable verlo ante mí en posesión de una persona tan perfecta. ¡Posesión!

¡Basta, Wilhelm, el prometido ha llegado! Un hombre bueno y cariñoso con el que hay que comportarse correctamente. ¡Afortunadamente no estuve en el recibimiento! Me hubiera desgarrado el corazón. Además es muy honesto y no ha besado a Lotte ni una sola vez en mi presencia. ¡Que Dios se lo pague! El respeto que le tiene a la muchacha me obliga a apreciarlo. Él me quiere bien y tengo la impresión de que es más influencia de Lotte que su propia opinión; en estos casos las mujeres son muy sutiles, y tienen buenas razones para serlo; cuando dos pretendientes pueden mantener una buena relación entre sí, ellas siempre salen ganando, aunque sea raro que esto llegue a producirse.

No obstante no puedo negarle mi respeto a Albert. Su aspecto sereno contrasta vivamente con la intranquilidad de mi carácter, que no puedo ocultar. Es muy sensible, y es consciente de la suerte que tiene con Lotte. Parece tener poco mal humor, y tú sabes que en las personas odio este pecado más que cualquier otro.

Me considera una persona razonable; y mi devoción por Lotte, la cálida alegría que siento con todas sus acciones, aumenta su triunfo y lo lleva a amarla aún más. Si de vez en cuando la importuna con pequeños ataques de celos es algo en lo que no entro; si yo estuviera en su lugar no creo que pudiese estar del todo libre de ese demonio.

¡Me da igual lo que le pase! Mi alegría de poder estar junto a Lotte ha desaparecido. ¿Debo llamarlo necedad o ceguera? ¡Qué importan los nombres! ¡Cuenta la cosa en sí! Sabía todo lo que sé ahora antes de que llegara Albert; sabía que no podía tener pretensión alguna con ella, y tampoco la tuve… bueno, no la tuve en la medida de lo posible, porque no se puede dejar de desear algo tan adorable. Y ahora el crío se asombra de que el otro haya venido de verdad y le haya quitado a la muchacha.

Aprieto los dientes y me burlo de mi desgracia, y me burlaría el doble y el triple de aquellos que pudieran decir que debería resignarme porque no puede ser de otra manera. ¡Quitadme de delante estos espantajos! Corro por los bosques y cuando llego a casa de Lotte, y Albert está sentado con ella en el jardín en un cenador, ya no puedo más, me comporto como un chiflado y empiezo a hacer bufonadas y cosas extrañas. «¡Por el amor de Dios —me ha dicho hoy Lotte—, os ruego que no hagáis ninguna escena como la de ayer por la tarde! Me dais miedo cuando os comportáis de manera tan extraña». Entre nosotros, espero el momento en el que él tiene algo que hacer y entonces, ¡zas!, salgo, y siempre me siento bien cuando la encuentro a solas.

8 de agosto

Por favor, querido Wilhelm, de ninguna manera me refería a ti cuando tildé de insoportables a aquellos que nos exigen resignación ante un destino inevitable. De verdad que no pensé que pudieras considerarlo así. Y básicamente tienes razón. Sólo quiero decirte una cosa: en el mundo no se producen demasiadas oposiciones de blanco y negro; los sentimientos y las formas de actuar producen unas sombras tan variadas como gradaciones entre una nariz chata y una aguileña.

Así que no me tomarás a mal que acepte por completo tus argumentos y al mismo tiempo intente situarme entre el blanco y el negro.

Dices: «O bien tienes esperanzas con Lotte o no las tienes. Bien, en el primer caso, intenta materializar tus deseos; en el segundo, haz de tripas corazón e intenta librarte de este desdichado sentimiento que consumirá todas tus fuerzas». Querido amigo, eso está muy bien dicho… y también es fácil de decir.

¿Puedes exigirle al infeliz cuya vida se consume lenta e imparablemente bajo una enfermedad crónica, puedes exigirle que termine con su sufrimiento con una puñalada? ¿Y es que el mal que le consume las fuerzas no le roba también al mismo tiempo el valor de librarse de él?

Podrías responderme con un símil parecido: ¿quién no prefiere dejarse cortar el brazo a permitir que el miedo y las vacilaciones pongan en peligro su vida? ¡No lo sé…! y tampoco vamos a entablar aquí una discusión basada en símiles. Es suficiente… Sí, Wilhelm, a veces tengo un instante de repentino valor para cambiarlo todo, y me atrevería a emprender un camino… si supiese a dónde he de dirigirme.

Por la tarde

Hoy ha vuelto a caer en mis manos mi diario, que tenía abandonado desde hace algún tiempo, y me ha sorprendido descubrir que me he metido en esto conscientemente, paso a paso. Que siempre he tenido una imagen clara de mi estado y que no obstante he actuado como un niño. Incluso ahora que veo tan claro no hay ningún indicio de mejora.

10 de agosto

Podría tener una vida dichosa si no fuera un necio. No es fácil que se junten tantas circunstancias propicias para hacer feliz a un alma humana como aquellas en las que me encuentro ahora. Ay, cuán cierto es que nuestro corazón busca su fortuna independientemente de todo lo demás. Ser un miembro de una familia adorable, querido como un hijo por los mayores, como un padre por los pequeños y por Lotte. Y después está el honesto Albert, que no turba mi fortuna con ningún acto caprichoso y malévolo, que siente una sincera amistad por mí, ¡que me considera la persona que más quiere en el mundo después de Lotte! Wilhelm, es motivo de alegría oírnos mientras paseamos y hablamos sobre Lotte: no hay en el mundo nada más ridículo que esta relación, y sin embargo a menudo se me saltan las lágrimas.

A veces me habla de su bondadosa madre: de cómo en su lecho de muerte le había cedido a Lotte su casa y sus hijos, y cómo lo había puesto a él en manos de Lotte; cómo desde entonces parecía que a Lotte la animaba un espíritu completamente distinto; cómo se había convertido en una auténtica madre por su seriedad y su preocupación por sus finanzas; cómo no pasaba ni un instante de su tiempo sin demostrar su amor, sin trabajar, y a pesar de todo nunca le abandonaba su alegría y su ligereza. Yo paseo junto a él y recojo flores de los márgenes del camino, formo cuidadosamente un ramo con ellas y… las tiro a la corriente y las sigo con la vista hasta que se hunden. No sé si te he escrito que Albert se quedará aquí y que recibirá un buen sueldo gracias a un puesto de la corte, donde lo aprecian mucho. En lo relativo al orden y la diligencia en los negocios he visto a poca gente como él.

12 de agosto

Está claro, Albert es la mejor persona que pisa la tierra. Ayer viví una escena maravillosa en su compañía. Fui a verlo para despedirme de él, ya que tenía ganas de ir a caballo a las montañas, desde donde te estoy escribiendo, y mientras paseaba por el cuarto me fijé en sus pistolas. Le pedí que me las prestara para mi viaje. «De acuerdo —respondió— si quieres cargar con ellas; yo las tengo sólo de adorno». Descolgué una y él continuó: «Desde que mi exceso de precaución me jugó una mala pasada no quiero volver a tener nada que ver con esos artilugios». Sentía curiosidad por conocer la historia. «Pasé —me contó— algo más de un cuarto de año en el campo en la casa de un amigo; tenía un par de tercerolas descargadas y dormía tranquilo. En una ocasión, durante una tarde lluviosa, estaba sentado sin nada que hacer y no sé cómo se me ocurrió que podrían atacarnos y que tal vez necesitáramos las tercerolas, y que… bueno, ya sabes cómo es eso. Se las di al sirviente para que las limpiara y las cargara y él comenzó a bromear con las doncellas; las quiere asustar y, Dios sabe cómo, el arma se dispara ya que aún tiene una baqueta dentro, y la baqueta alcanza la mano derecha de una muchacha y le destroza el pulgar. Entonces fui yo quien tuvo que lamentarse y además pagar la cura, y desde entonces no dejo ningún arma cargada. Querido amigo, ¿qué es la precaución? ¡El peligro no puede evitarse! Sin embargo…». Sabes que amo al género humano excepto por sus «sin embargo»; porque, ¿acaso no se sobreentiende que cada generalización cuenta con excepciones? ¡Pero Albert ha de justificarse! Cuando cree haber dicho algo precipitado, general y que sólo es cierto a medias, no para de limitarlo, de modificarlo y de añadirle o quitarle algo hasta que al final ya no tiene nada que ver con el asunto. Y en este punto comenzó a profundizar en la idea. Al final yo ya no lo escuchaba, sumergido en la melancolía, y con un gesto colérico apreté el cañón de la pistola contra mi frente, sobre el ojo derecho. «¡Eh! —dijo Albert mientras me quitaba la pistola—, ¿qué significa eso?». «No está cargada», expliqué yo. «Aun así, ¿qué significa eso? —replicó impaciente—. No puedo imaginarme cómo una persona puede ser tan insensata como para pegarse un tiro; la mera idea ya me produce repulsión».

«¡Vosotros los seres humanos —exclamé—, para hablar de algo, enseguida decís: eso es insensato, eso es inteligente, eso es bueno, eso es malo! ¿Y qué significa eso? ¿Es que habéis indagado cuáles son los condicionantes de una acción? ¿Podéis desarrollar con seguridad las causas, por qué sucedió, por qué debía suceder? Si lo hicierais no juzgaríais con tanta celeridad».

«Convendrás conmigo —dijo Albert— que ciertas acciones son inmorales, independientemente de sus causas».

Me encogí de hombros y le di la razón. «Sin embargo, amigo mío —continué—, también en este caso hay algunas excepciones. Es cierto que el robo es inmoral: pero la persona que roba para librar a los suyos de morirse de hambre, ¿merece compasión o castigo? ¿Quién tirará la primera piedra contra el marido que, víctima de una justa ira, acaba con su infiel esposa y su miserable seductor? ¿Contra la muchacha que en el momento del delirio se pierde en la irresistible alegría del amor? Nuestras mismas leyes, esos seres meticulosos de sangre fría, se dejan conmover y evitan condenarlos».

«Eso es algo completamente distinto —objetó Albert—, porque una persona a quien la pasión arrastra pierde la fuerza del juicio y se le considera igual a un borracho o un loco».

«¡Ay, vosotros, las personas cuerdas! —exclamé sonriendo—. ¡Pasión! ¡Embriaguez! ¡Locura! ¡Vosotros estáis ahí, tan tranquilos, sin tomar partido, vosotros las gentes de buenas costumbres! Criticáis al bebedor, despreciáis al demente, pasáis de largo ante ellos como el sacerdote y le dais gracias a Dios como los fariseos por no haberos hecho como a aquellos otros. He estado borracho más de una vez, mis pasiones nunca han estado alejadas de la locura y no me arrepiento lo más mínimo, ya que la experiencia me ha enseñado que siempre se ha tildado de borrachos y locos a todos los seres extraordinarios que lograron algo grande, algo que parecía imposible.

»Pero también en la vida diaria es insoportable escuchar casi cada día cómo se grita tras algún hecho libre, noble e inesperado: ¡Esta persona está ebria, está loca! ¡Avergonzaos vosotros, los serenos! ¡Avergonzaos vosotros, los sabios!».

«Vuelves a tus extravagancias —dijo Albert—, todo es fruto de la exaltación y al menos en este extremo no tienes razón, ya que comparas las grandes hazañas con el suicidio, que es de lo que estamos hablando y que sólo puede considerarse una debilidad, ya que sin duda es más sencillo morir que soportar con firmeza una vida tortuosa».

Estuve a punto de abandonar la conversación, ya que no hay ningún argumento que me moleste más que alguien venga con un dicho general y carente de significado cuando yo hablo desde lo más profundo de mi corazón. Sin embargo me controlé, porque ya lo había oído a menudo y siempre me había sacado de mis casillas, así que le repliqué quizá con demasiada energía: «¿A eso le llamas tú debilidad? Te ruego que no te dejes llevar por las apariencias. ¿Te atreves a llamar débil a un pueblo que gime bajo el insoportable yugo de un tirano cuando al fin se levanta y destruye sus cadenas? A una persona que, superando el horror de ver cómo el fuego se ha apoderado de su casa, siente cómo todos sus músculos se tensan y puede arrastrar con facilidad cargas que apenas hubiera podido mover estando tranquilo; a uno que sintiendo la ira de una ofensa, se atreve a luchar contra seis y los supera, ¿se les puede llamar débiles? Y, querido amigo, si el esfuerzo es una muestra de fortaleza, ¿por qué un último y desmedido esfuerzo ha de ser lo contrario?».

Albert me miró y me dijo: «No me lo tomes a mal, pero los ejemplos que aportas no parecen tener nada que ver con la conversación».

«Puede ser —respondí—, ya me han achacado a menudo que mi forma de argumentar a veces raya con la digresión. Veamos entonces si podemos imaginarnos de alguna otra manera cómo una persona puede llegar a un estado de ánimo tal que le lleve a decidir librarse de la carga que le supone su vida y que hasta entonces le ha resultado agradable, ya que sólo si compartimos sus sentimientos estaremos capacitados para hablar de este asunto.

»La naturaleza humana —proseguí— tiene sus límites: puede soportar alegría, pesar o dolor hasta un punto determinado, y cuando se supera este punto, se derrumba. Por lo tanto la cuestión aquí no es si uno es débil o fuerte, sino si puede soportar la cantidad de su sufrimiento, sea moral o físico. Por eso me parece asombroso considerar cobarde a una persona que se ha quitado la vida, al igual que resultaría descabellado dedicar este calificativo a alguien que ha muerto por alguna fiebre maligna».

«¡Eso es un desatino, un completo desatino!», exclamó Albert. «No tanto como tú crees —repuse yo—. Coincidirás conmigo en que una enfermedad mortal es aquella que ataca de tal manera a la naturaleza que se agotan parte de sus fuerzas y el resto pierden su eficacia, de forma que ningún cambio afortunado puede restablecer el transcurrir habitual de la vida.

»Bien, querido amigo, apliquemos esto al espíritu. Piensa en el hombre y en sus limitaciones, en qué efecto tienen en él las impresiones, las ideas que se van afianzando en su interior hasta que una pasión creciente lo priva de toda la fuerza de sus sentidos y de su tranquilidad y lo lleva a la perdición.

»¡No sirve de nada que alguna persona serena y razonable perciba el estado del infeliz, no sirve de nada que hable con él! Igual que una persona sana que permanece junto al lecho de un enfermo es incapaz de aportarle parte de sus fuerzas, por pequeñas que sean».

Albert consideró que esto era demasiado general. Le recordé una muchacha que encontraron poco tiempo antes muerta en el agua y le repetí su historia. «Una criatura joven y bondadosa, crecida en el estrecho círculo de las ocupaciones caseras y del trabajo semanal, que no conoce otro placer que no sea el irse a pasear los domingos con sus compañeras ataviada con los adornos que ha reunido con el paso del tiempo, quizá bailar alguna vez en alguna fiesta señalada y pasar algunas horas chismorreando apasionadamente con alguna vecina sobre una discusión o una pelea. Su fogosa naturaleza siente al fin necesidades internas aumentadas con las lisonjas de los hombres; sus antiguas alegrías le parecen cada vez menos interesantes, hasta que al final se encuentra con una persona hacia quien le atrae irremisiblemente un sentimiento desconocido y en la que concentra todas sus esperanzas, olvidando el mundo a su alrededor, y no oye nada, no ve nada, no siente nada que no sea él, el único, sólo lo desea a él, sólo a él. Sin que la corrompan los vacíos placeres de una vanidad veleidosa, su ansia adquiere un objetivo concreto: ser suya, alcanzar por medio de un vínculo eterno toda la felicidad de la que carece, disfrutar del conjunto de todas las alegrías que anhela. Promesas repetidas que corroboran lo fundado de todas sus esperanzas, astutas caricias que aumentan su deseo y se apoderan de su espíritu; se siente flotar con la conciencia adormecida, disfrutando por adelantado de todas sus alegrías futuras, y ella espera con la mayor emoción. Al final estira sus brazos para abarcar todos sus deseos… y su amado la abandona. Petrificada, aturdida, permanece de pie ante un abismo; ¡a su alrededor todo es oscuridad, sin futuro, sin consuelo, sin saber qué hacer! Porque la ha abandonado aquel en quien radicaba toda su existencia. No ve el amplio mundo que yace ante ella, no ve a todos los que podrían sustituir a quien ha perdido, se siente sola, abandonada por el mundo… y ciega, oprimida por la desesperada necesidad de su corazón, se precipita hacia el fondo para ahogar todos sus suplicios en una muerte que acaba con todo. ¡Fíjate, Albert, ésta es la historia de algunas personas! Y dime, ¿no se trata de una enfermedad? La naturaleza no encuentra ninguna salida a un laberinto de fuerzas confusas y contradictorias y la persona debe morir.

»Ay de aquél que lo viese y dijera: ¡Qué necia! Si hubiera esperado, si hubiese dejado al tiempo hacer su labor, la desesperación habría amainado, habría encontrado a otro que la consolara. Es como si alguien dijera: ¡Qué necio, mira que morir de fiebre! Si hubiera esperado hasta restablecer sus fuerzas, sus humores habrían mejorado, el tumulto de su sangre se hubiera apaciguado: ¡todo habría salido bien y aún hoy estaría vivo!».

Albert, que aún no había comprendido el sentido de esta comparación, adujo algunas cosas más, entre ellas que yo había hablado de una muchacha simple, pero que no podía comprender cómo disculpar a una persona inteligente que no está tan limitada y que puede comprender la complejidad de las situaciones. «El ser humano es el ser humano —exclamé—, y la poca razón que pueda poseer, se vuelve poco útil o del todo inútil cuando arrecia la pasión y las limitaciones del ser humano lo oprimen. Más aún… Mejor en otra ocasión», concluí, y cogí mi sombrero. ¡Sentía que el corazón me estallaba! Y nos separamos sin haber llegado a comprendernos. En este mundo no es sencillo comprender a los demás.

15 de agosto

Es evidente que lo único del mundo que hace necesarias a las personas es el amor. Lo percibo en Lotte, a quien le costaría mucho perderme, y en los niños, que sólo piensan en que vuelva siempre al día siguiente. Hoy había ido a afinar el piano de Lotte, pero no tuve ocasión porque los pequeños me persiguieron para que les contara un cuento y Lotte misma me dijo que debía concederles el deseo. Les corté el pan para la cena, que aceptan de mí casi con el mismo placer como si lo hubiera hecho Lotte, y les conté las partes principales del cuento de la princesa que tenía manos como sirvientes. Te aseguro que aprendo mucho y me sorprende la profunda impresión que les causa. A veces, cuando cuento la historia por segunda vez, me invento algún episodio que he olvidado y entonces me señalan inmediatamente que antes era diferente, así que ahora practico para recitarles de un tirón y sin cambios todo el cuento en una sucesión melódica de sílabas. He aprendido que un autor, cuando publica una segunda edición modificada de su obra, necesariamente daña su libro, por mucho que haya mejorado poéticamente. La primera impresión nos encuentra receptivos y con una disposición tal que se nos puede convencer de lo más descabellado; pero nos aferramos a ese efecto, y ¡ay de aquél que se atreva a borrarlo o a tacharlo!

18 de agosto

¿Es preciso que aquello que hace feliz al ser humano se convierta también en fuente de su miseria?

El cálido sentimiento de mi corazón ante la viva naturaleza que me proporcionaba tanto bienestar, que transformaba el mundo que me rodeaba en un paraíso, se ha vuelto un insoportable martirio, un espíritu lacerante que me persigue por doquier. Antes, cuando contemplaba el fértil valle que llega hasta las colinas desde las rocas sobre el río y observaba cómo todo florecía y brotaba a mi alrededor; cuando veía aquellas montañas vestidas de árboles altos y frondosos desde el pie hasta la cumbre, aquellos valles en sus diversas ondulaciones, sombreados con los más agradables bosques, y el dulce río deslizándose por entre los sibilantes junquillos y reflejando las deliciosas nubes que el suave viento de la tarde mecía en el cielo; cuando oía entonces que los pájaros a mi alrededor insuflaban vida al bosque y los millones de enjambres de mosquitos bailaban alegres entre los últimos rayos rojos del sol y el pálpito de su última mirada liberaba al escarabajo, que se elevaba de entre las hierbas con un zumbido; y el suelo llamaba mi atención con sus murmullos y su intensa actividad, y el musgo, que lograba trabajosamente su alimento de las duras rocas sobre las que me sentaba, y el esparto que crecía por la yerma colina de arena, abrían ante mí la ardiente y sagrada vida interior de la naturaleza: cómo cabía todo aquello en mi ardiente corazón, y me sentía como un dios con aquella plenitud desbordante, y las maravillosas criaturas de este infinito mundo se movían en mi alma insuflándole vida a todo. Montañas monstruosas me rodeaban, abismos se abrían ante mí, y los arroyos se precipitaban hacia el fondo, los ríos bramaban bajo mis pies y el bosque y la montaña resonaban; y veía cómo todas las fuerzas inescrutables actuaban y creaban en las profundidades de la tierra; y entonces todo género de criaturas se agitaban sobre la tierra y bajo el cielo: todo, todo poblado por miles de figuras; y los hombres se reúnen y protegen en casitas y habitan cerca de los demás y creen dominar el amplio mundo. ¡Pobre loco, que tienes todo en tan poca estima porque eres pequeño! Desde las montañas impenetrables, pasando los yermos que nunca ha hoyado pie, hasta el final del desconocido océano alcanza el espíritu del Todopoderoso y se alegra ante cualquier mota de polvo que vive y puede percibirle. Ay, en esos momentos, cuántas veces deseé alcanzar la orilla del ilimitado mar llevado por las alas de una grulla que volaba sobre mí, beber de la espumosa copa del infinito aquella creciente felicidad vital, y durante sólo un instante, en la fuerza limitada de mi pecho, sentir una gota de la bienaventuranza del ser que todo engendra en sí y por sí.

Hermano, el recuerdo de aquellas horas es lo único que me hace bien. Incluso este esfuerzo por recordar aquella indescriptible sensación, por expresarla de nuevo, hace que mi espíritu se eleve sobre sí mismo y me lleva a sentir con el doble de intensidad el desasosiego que me produce mi estado actual.

Ante mi alma siento como si se hubiera descorrido una cortina y el escenario de la vida eterna se hubiera transformado ante mí en el abismo de una sepultura abierta por toda la eternidad. ¿Acaso puedes decir que algo existe cuando todo pasa? ¿Cuando todo se desvanece con la velocidad del viento, cuando toda la fuerza de su existencia rara vez perdura, ay, y es arrastrada por la tormenta, sumergida y destrozada contra las rocas? Entonces no hay ningún instante que no te consuma a ti y a los tuyos, ningún momento en el que no seas un destructor, en el que no tengas que serlo; el paseo más inocente le cuesta la vida a miles de pequeños gusanitos, un pisotón derruye la trabajosa construcción de las hormigas y aplasta un pequeño mundo convirtiéndolo en una vil sepultura. ¡Ja! No es la gran miseria del mundo lo que me conmueve, estas inundaciones que arrasan a veces vuestros pueblos, estos terremotos que se tragan vuestras ciudades; a mí me oprime el corazón la fuerza devoradora que está oculta en el conjunto de la naturaleza, que no ha creado nada que no destruya cuanto le rodea y que no sea autodestructivo. ¡Y así, asustado, voy dando tumbos! ¡El cielo y la tierra y sus fuerzas activas a mi alrededor! No veo nada más que a un monstruo que pasará la eternidad devorándolo todo y masticándolo de nuevo.

21 de agosto

En vano estiro mis brazos buscándola por las mañanas, cuando logro apartarme de mis pesadillas; en vano la busco por la noche en mi cama cuando un sueño feliz e inocente me ha engañado haciéndome creer que estaba sentado a su lado en una pradera, sosteniendo su mano y cubriéndola con miles de besos. Ay, cuando aun en el delirio del sueño tanteo mi lecho buscándola y me despierto al hacerlo... un torrente de lágrimas brota de mi angustiado corazón y lloro desconsoladamente previendo un futuro siniestro.

22 de agosto

Es una desgracia, Wilhelm, mis fuerzas activas están destinadas a una desidia inquieta, no puedo estar ocioso y sin embargo tampoco puedo hacer nada. No tengo imaginación, la naturaleza no me provoca sentimiento alguno y los libros me producen náuseas. Cuando nos echamos en falta a nosotros mismos, echamos todo en falta. Te juro que a veces deseo ser un jornalero simplemente para tener por las mañanas, al levantarme, una perspectiva para el día que empieza, una obligación, una esperanza. A menudo envidio a Albert, a quien veo enterrado hasta las orejas en actas, y me engaño pensando que sería feliz en su lugar. Algunas veces he tenido el impulso de escribirte a ti y al ministro para ocupar la plaza de legación que dijiste que me concederían. Yo también lo creo. El ministro me tiene cariño desde antaño y lleva tiempo proponiéndome que me dedique a algún negocio; y durante una hora yo también pienso que es buena idea. Después, cuando reflexiono de nuevo y recuerdo la fábula del caballo que con impaciencia permite que a su libertad le pongan silla y freno, y que lo cabalguen hasta deslomarlo... no sé qué debo hacer... Y, querido amigo, ¿acaso esta ansia de cambiar mi estado no es más que una impaciencia interior e indomable que me persigue por doquier?

28 de agosto

Es cierto: si mi enfermedad pudiera sanar, estas personas lo lograrían. Hoy es mi cumpleaños y esta mañana, muy temprano, he recibido un paquetito de Albert. En cuanto lo abrí me llamó la atención una cinta de color rojo pálido que llevaba Lotte cuando la conocí y que desde entonces le he pedido en varias ocasiones. Eran dos libritos en dozavo, el pequeño Homero de Wetstein, una edición que había pedido a menudo para no tener que cargar con la de Ernesti durante mis paseos. Mira cómo se adelantan a mis deseos, cómo buscan los pequeños presentes que nacen de la amistad y que son mil veces más valiosos que esos cegadores regalos con los que nos rebaja la vanidad del que nos los da. Beso mil veces esa cinta y con cada bocanada de aire aspiro el recuerdo de la ventura con la que me colmaban aquellos pocos días felices e irrecuperables. Wilhelm, así es como lo veo y no me quejo por ello, las flores de la vida no son más que apariencia. ¡Cuántas se marchitan sin dejar ningún rastro tras de sí, qué pocas dan fruto y qué pocos de estos frutos maduran! Y sin embargo hay suficientes; y sin embargo… ¡Ay, hermano! ¿Podemos desatender los frutos maduros, despreciarlos y permitir que se pudran sin haberlos disfrutado?

¡Adiós! El verano es magnífico; a menudo me siento sobre los frutales en el huerto de Lotte con la vara para hacer caer las frutas y cojo las peras de la copa. Ella se queda abajo y las coge al vuelo cuando las dejo caer.

30 de agosto

¡Desdichado! ¿No estás siendo un necio? ¿No te estás engañando a ti mismo? ¿Qué significa esta pasión desenfrenada e infinita? No rezo por otra cosa que no sea ella; en mi fantasía no aparece otra figura que la suya y en todo lo que me rodea sólo veo cosas que me recuerdan a ella. ¡Y esto me proporciona algunas horas felices… hasta que debo alejarme de nuevo! ¡Ay, Wilhelm! ¡A lo que me obliga a menudo mi corazón! Cuando he pasado dos, tres horas sentado a su lado y me he deleitado con su figura, su comportamiento, con la expresividad celestial de sus palabras, y entonces se relajan poco a poco todos mis sentidos, noto cómo se me nubla la vista, apenas oigo, y me siento como si un asesino me apretara la garganta, ya que mi corazón intenta proporcionarle aire a mis atormentados sentidos por medio de salvajes latidos, y sólo consigue aumentar la confusión. Wilhelm, ¡a veces no sé si realmente estoy en el mundo! Y, a veces, cuando la melancolía no me domina y Lotte me permite el miserable consuelo de llorar mi angustia sobre su mano… entonces tengo que irme, tengo que salir y vago sin rumbo por el campo hasta estar muy lejos; ¡entonces escalar una montaña escarpada es toda mi alegría, abrirme camino por un bosque intransitable, por entre los arbustos que me hieren, por entre las espinas que me desgarran! ¡Entonces me siento algo mejor! ¡Algo! Y cuando a veces me quedo tumbado por el camino, acuciado por el cansancio y la sed, a veces hasta bien entrada la noche, cuando veo la luna llena sobre mí allá en lo alto, en la soledad del bosque, y me siento sobre algún tronco retorcido para proporcionarle algún alivio a mis magullados pies, y después me quedo dormido en la somnífera tranquilidad del crepúsculo… ¡Oh, Wilhelm! La soledad de una celda, el hábito y el cilicio serían un auténtico bálsamo y mi alma suspira por ellos. ¡Adiós! No veo otro fin para este suplicio que la tumba.

3 de septiembre

¡Debo irme! Gracias, Wilhelm, por haber fortalecido mi vacilante resolución. Llevaba ya catorce días con la idea de abandonarla. Debo irme. Está otra vez en la ciudad visitando a una amiga. Y Albert… y… ¡Debo irme!

10 de septiembre

¡Qué noche! Wilhelm, ahora soportaré cualquier cosa. ¡No volveré a verla! ¡Lástima no poder volar hasta tu cuello para poder expresarte con miles de lágrimas y muestras de satisfacción las sensaciones que se amontonan en mi corazón, amigo mío! Estoy aquí sentado cogiendo aire, intentando tranquilizarme esperando la mañana y he mandado preparar los caballos para el amanecer.

Ay, ella duerme tranquila y no sospecha que no volverá a verme. Me he liberado, he sido lo suficientemente fuerte como para no confesar mi propósito durante una conversación de dos horas. ¡Y qué conversación, Dios mío!

Albert me había prometido que estaría en el jardín con Lotte justo después de la cena. Yo me encontraba de pie en la terraza bajo los altos castaños y seguía al sol con la mirada mientras se ponía por última vez para mí más allá del delicioso valle, sobre el dulce río. Había estado allí tantas veces con ella observado la magnífica escena, y ahora… Caminé de un lado a otro del paseo que tanto me agradaba; una atracción secreta y empática me había llevado a detenerme allí a menudo antes incluso de conocer a Lotte, y cuánto nos alegramos cuando descubrimos al comienzo de la relación nuestra común inclinación por este pequeño lugar que es realmente uno de los más románticos que el arte ha producido.

Sólo a través de los castaños puedes divisar las amplias vistas. Ay, creo recordar que ya te he descrito a menudo cómo las altas paredes de hayas rodean al fin a uno y cómo un bosquecillo hace que todo sea cada vez más umbrío, hasta que el paseo termina al final en una plazuela en la que flotan todas las tristezas de la soledad. Aún conservo la acogedora sensación que me produjo cuando entré un mediodía; en silencio presentí que este lugar sería escenario de felicidad y dolor.

Llevaba alrededor de media hora entregado a la dulce y melancólica idea de la separación, del reencuentro, cuando los oí subir a la terraza. Corrí hacia ellos, con un estremecimiento tomé su mano y la besé. Acabábamos de ascender cuando la luna apareció detrás de la frondosa loma; hablamos de diversos temas y nos acercamos sin notarlo al oscuro gabinete. Lotte entró y se sentó. Albert se puso a su lado y yo también; sin embargo, mi inquietud no me permitió permanecer sentado mucho tiempo; me levanté, me mantuve de pie ante ellos, paseé arriba y abajo, volví a sentarme; estaba preocupado. Ella llamó nuestra atención sobre el hermoso efecto de la luz de la luna, que al final de las paredes de hayas iluminaba toda la terraza ante nosotros; una magnífica vista que resultaba aún más llamativa porque nos había rodeado una profunda oscuridad. Permanecimos en silencio y tras unos instantes Lotte comenzó a hablar: «Nunca salgo a pasear a la luz de la luna, nunca, sin que me asalte el recuerdo de mis familiares difuntos, sin que me acometa la sensación de la muerte, del futuro. ¡Existiremos en el futuro! —continuó con una voz que revelaba el más excelso sentimiento—, pero, Werther, ¿volveremos a encontrarnos? ¿Nos reconoceremos? ¿Qué es lo que pensáis? ¿Qué opináis?».

«Lotte —dije ofreciéndole mi mano, al tiempo que mis ojos se llenaban de lágrimas—, ¡volveremos a vernos! ¡Aquí y allí volveremos a vernos!». No pude seguir hablando… Wilhelm, ¿era necesario que me preguntara esto mientras yo albergaba esta horrible despedida en el corazón?

«¿Sabrán de nosotros nuestros seres queridos que han fallecido? —continuó—, ¿sabrán cuándo nos sentimos bien, sabrán que nos acordamos de ellos con todo nuestro cariño? ¡Oh! La figura de mi madre siempre flota a mi alrededor cuando estoy sentada con sus hijos, con mis hijos, en una noche tranquila, y los veo reunidos a mi alrededor como antes nos reuníamos alrededor de ella. Cuando miro al cielo con una lágrima nostálgica, desearía que pudiera ver desde allí durante un instante cómo he mantenido la palabra que le di en la hora de su muerte: ser una madre para sus hijos. Con cuánto sentimiento exclamo: "Perdóname, queridísima madre, si no puedo ser para ellos todo lo que tú fuiste. ¡Ay! No obstante, hago todo lo que puedo; están vestidos, alimentados, ¡ay!, y lo que es más que todo eso, se sienten cuidados y queridos. Si pudieras ver nuestra armonía, querida santa, con el más profundo agradecimiento alabarías a Dios, a quien rogaste por el bienestar de tus hijos con tus últimas y más amargas lágrimas"».

¡Esto es lo que decía! ¡Oh, Wilhelm, cómo repetir sus palabras! ¡Cómo puede la letra fría y sin vida representar este florecimiento celestial del espíritu! Albert la interrumpió con dulzura: «Te afecta demasiado, querida Lotte. Sé que estas ideas están muy arraigadas en tu alma, pero te ruego…». «¡Oh, Albert! —atajó Lotte—, sé que no has olvidado las tardes en las que nos sentábamos junto a la pequeña mesa redonda cuando papá estaba de viaje y habíamos enviado a la cama a los pequeños. A menudo tenías un buen libro y rara vez leías algo. ¿Acaso el trato con este espíritu extraordinario no valía más que cualquier otra cosa? ¡Esa mujer hermosa, dulce, alegre y siempre activa! Dios sabe de las lágrimas con las que me postraba ante Él en mi cama rogando que me hiciera igual que ella».

«¡Lotte! —exclamé arrojándome ante ella, cogiendo su mano y cubriéndola de miles de lágrimas—, ¡Lotte! ¡La bendición de Dios y el espíritu de tu madre descansan sobre ti!». «Si la hubierais conocido —dijo ella apretándome la mano—, ¡merecía que la conocierais!». Creí desmayarme. Nunca nadie me había dedicado palabras más grandiosas, más enorgullecedoras. Y continuó: «¡Y esta mujer tuvo que irse en la flor de la vida, cuando su hijo más joven no tenía ni seis meses de edad! Su enfermedad no duró mucho; estaba tranquila, resignada, sólo sentía dolor por sus hijos, especialmente por el más pequeño. Cerca del final me dijo que se los subiera y yo los llevé ante ella, a los pequeños, que nada sabían, y a los mayores, que estaban conmocionados. Estaban de pie alrededor de su cama y levantaban sus manos y rezaban por ella, y ella los besó uno tras otro y les pidió que se fueran, y me dijo: "¡Sé su madre!". ¡Yo le di mi palabra! "Estás prometiendo mucho, hija mía —me advirtió—: el corazón de una madre y los ojos de una madre. A menudo he visto en tus lágrimas de agradecimiento que sabes lo que eso significa. Sé fiel y obediente como una esposa con tus hermanos y con tu padre. Tú le servirás de consuelo". Me preguntó por él, pero había salido para ocultarnos la insoportable preocupación que sentía, porque estaba destrozado.

»Albert, tú estabas en la habitación. Oyó caminar a alguien y preguntó y quiso que te presentaras, y cuando te vio, me dijo con una mirada cargada de serenidad y consuelo que seríamos felices, que juntos seríamos felices». Albert la abrazó, la besó y dijo: «¡Lo somos! ¡Lo seremos!». El imperturbable Albert estaba totalmente emocionado y yo no sabía cómo reaccionar.

«Werther —comenzó—, ¡y justamente esta mujer tuvo que morir! ¡Dios! A veces pienso en cómo permitimos que nos arrebaten lo más querido de nuestras vidas. Y nadie lo siente con tanta intensidad como los niños, que se quejaron durante mucho tiempo de que los hombres oscuros se hubiesen llevado a su madre».

Se levantó y yo me sentí como si me acabaran de despertar de un sueño, y, conmovido, permanecí sentado sosteniendo su mano. «Vámonos —dijo ella —, ya es hora». Quiso retirar su mano y yo la retuve con más firmeza. «Volveremos a vernos —exclamé—, nos encontraremos, nos reconoceremos bajo cualquier forma. Me voy —proseguí—, me voy voluntariamente; y sin embargo, si dijese que me voy para siempre, no podría mantener mi palabra. ¡Hasta siempre, Lotte! ¡Hasta siempre, Albert! Volveremos a vernos». «Mañana, creo», me respondió ella bromeando. ¡Aquel mañana me dolió! Ay, cuando separó su mano de la mía ella no sabía… Se alejaron por el paseo, yo permanecí de pie, los vi bajo la luz de la luna y me arrojé al suelo y lloré hasta agotarme, y me levanté de un salto y corrí hasta el borde de la terraza, y aún vi allí bajo la sombra del alto tilo su vestido blanco, que despedía una tenue luz tras la puerta del jardín. Estiré mis brazos y desapareció.

SEGUNDO LIBRO

20 de octubre

Llegamos aquí ayer. El embajador se encuentra indispuesto, por lo que guardará reposo algunos días. Si no fuera tan insoportable, todo estaría bien. Percibo, percibo que los hados me tienen destinadas duras pruebas. ¡Pero hay que tener valor! ¡Un espíritu liviano lo soporta todo! ¿Un espíritu liviano? Me ha entrado la risa en cuanto la palabra ha llegado a mi pluma. Ay, un poco de sangre liviana me haría el hombre más feliz de la tierra. ¿Qué significa esto? Otros se pavonean ante mí satisfechos con sus reducidas fuerzas y talentos, ¿y yo tengo que dudar de mis energías, de mis dotes? Dios mío, que me concediste todo esto, ¿por qué no me entregaste sólo la mitad y a cambio me ofreciste confianza en mí mismo y moderación?

¡Paciencia! ¡Paciencia! Todo mejorará, porque, querido amigo, tienes razón. Desde que paso los días con el pueblo y veo lo que hacen y cómo lo hacen, me siento mucho mejor conmigo mismo. Es cierto que, como todos estamos hechos de esta manera, comparamos todo con nosotros mismos y nos comparamos a nosotros con todo, y así la fortuna y la miseria radica en los objetos que nos mantienen unidos, y no hay nada más peligroso que la soledad. Nuestra fantasía, empujada por su naturaleza a elevarse y alimentada por las imágenes fantásticas de la poesía, idea una clasificación de seres en la que nosotros ocupamos el escalón más bajo y todo lo demás nos parece más digno de admiración que nosotros, todos los demás son más perfectos. Y esto sucede con la mayor naturalidad. Sentimos frecuentemente que carecemos de algo y a menudo nos parece que precisamente eso que nos falta le pertenece a otro, así que partimos de la base de que ese otro también tiene todo lo que nosotros poseemos y que disfruta además de cierta felicidad ideal. Y así la imagen del afortunado ya está completa, aunque no es más que algo que hemos creado nosotros mismos.

En cambio, cuando seguimos trabajando con todas nuestras debilidades y fatigas, a menudo sucede que llegamos más lejos con nuestro paso lento y avanzando despacio y en contra del viento que otros con sus velas y remos, y ésta es la auténtica medida de uno mismo: cuando se iguala a otros o incluso los supera.

26 de noviembre de 1771

Por ahora mi situación aquí comienza a ser aceptable. Lo mejor es que estoy bastante ocupado; además está la gran cantidad de gente, figuras nuevas de todo tipo que suponen un variopinto espectáculo para mi alma. He conocido al conde de C***, un hombre a quien cada día admiro más, una cabeza muy bien amueblada y que por lo tanto no es fría, porque su interés abarca los campos más diversos; en el trato con él destaca una gran sensibilidad para la amistad y el amor. Él se interesó por mí cuando le entregué un encargo comercial y notó con las primeras frases que nos entendíamos, que podía hablar conmigo de manera distinta a la que podía hacerlo con otros. No tengo palabras para agradecerle su comportamiento abierto conmigo. No hay en el mundo alegría tan cálida y tan auténtica como el ver que un espíritu excelso se abre ante uno.

24 de diciembre de 1771

El embajador me causa mucho disgusto, como me temía. Es el necio más puntilloso que pueda existir; todo debe ir pasito a pasito y además es prolijo como una solterona; una persona que nunca está satisfecha consigo misma y por tanto es imposible de contentar. Me gusta trabajar rápido y sin preocuparme por el resultado; pero siempre está dispuesto a devolverme un escrito y decirme: «Está bien, pero repáselo, siempre se encuentra una palabra mejor, una partícula más apropiada». Entonces se me llevan los demonios. No puede faltar ni una «y», ni una conjunción, y es un enemigo mortal sobre todo de los hipérbatos que a veces se me escapan; cuando no se armonizan los periodos siguiendo la melodía prescrita, no entiende nada de nada. Es un martirio tratar con una persona así.

La confianza con el conde de C*** es lo único que me sirve de desagravio. Hace poco me dijo con mucha razón lo descontento que estaba con la lentitud y la gravedad de mi embajador. «Esta gente se pone trabas a sí misma y a los demás; no obstante —dice—, es necesario resignarse como un viajero que debe cruzar una montaña; evidentemente, si la montaña no estuviera allí, el camino sería mucho más cómodo y corto, pero ahí está y hay que cruzarla».

Mi superior también percibe la predilección del conde para conmigo y lo irrita, por lo que aprovecha cualquier ocasión para criticarlo; como es natural, yo le llevo la contraria, con lo que empeoro todo. Ayer me puso furioso, ya que también se refirió a mí. Decía que para los negocios mundanos, el conde era muy bueno, tenía mucha ligereza para trabajar y una buena pluma, pero carecía de una erudición bien fundamentada, como todos los literatos. Al decir esto puso un gesto como si quisiera decir: ¿has sentido la puya? Pero no tuvo efecto en mí, desprecio a las personas que piensan así y que se comportan de esa manera. Me opuse a él batiéndome con cierta vehemencia. Dije que el conde era un hombre que había que respetar tanto por su carácter como por sus conocimientos. «Nunca —dije— he conocido a nadie que hubiera logrado ampliar su espíritu, agrandarlo atendiendo a incontables asuntos, y poder aplicar esta actividad a la vida común». Consideré que su cerebro sería incapaz de comprender estos razonamientos, por lo que me despedí para no tener que seguir tragando bilis con algún despropósito más.

Y la culpa es de todos vosotros, los que me habéis convencido para ponerme el yugo y me cantáis las virtudes de la actividad. ¡Actividad! Si el que siembra patatas y cabalga hasta la ciudad para vender su grano no hace más que yo, entonces trabajaré durante diez años en la galera en la que ahora estoy encadenado.

¡Y la resplandeciente miseria, el aburrimiento que se ve aquí entre gente repulsiva! El ansia por ascender de rango, acechando y cuidando de dar un pasito más que los otros; las pasiones más mezquinas y despreciables, sin ningún disimulo. Hay una mujer, por ejemplo, que le habla a cualquiera de su nobleza y de sus tierras en tales términos que cualquier forastero pensará que es una chiflada que se imagina maravillas por tener una sombra de nobleza y unas tierras con algo de fama. Pero es aún más grave: precisamente esta mujer es la hija de un escribano del vecindario. Como puedes ver, soy incapaz de comprender por qué el género humano tiene tan poca cabeza como para hacer el ridículo de forma tan simple.

A diario me doy cada vez más cuenta, querido amigo, de lo necio que resulta valorar a los demás siguiendo los propios criterios. Y como tengo tanto que mejorar en mí mismo y mi corazón es tan impetuoso, prefiero que cada cual siga su camino siempre que me dejen también seguir el mío.

Lo que más gracia me produce son las fastidiosas relaciones burguesas. Yo sé tan bien como cualquier otro lo necesario que es diferenciar entre los distintos estados y las ventajas que me reporta a mí mismo: sin embargo, no debe suponer un obstáculo en un momento en el que puedo disfrutar de una pequeña alegría, de una pizca de felicidad terrenal. Hace poco, durante un paseo, conocí a la señorita de B***, una criatura adorable que conserva mucha naturalidad pese al ambiente almidonado en el que vive. Conversamos y nos gustamos, y cuando nos separamos le pedí permiso para verla en otra ocasión. Me lo concedió con tanta franqueza que apenas pude esperar a que llegara el momento adecuado para ir a su casa. No es de aquí y vive en la casa de su tía. La fisiognomía de la anciana no me gustó. Le dediqué mucha atención, mi conversación estaba dirigida a ella en su mayor parte, y en menos de media hora ya había llegado a una conclusión que la señorita me confirmó después: que la querida tía, a su edad, carecía de todo, de una fortuna adecuada, de formación y de cualquier apoyo que no fuera la sucesión de sus antepasados, de cualquier protección que no fuera su estado, en el que se había atrincherado, y ningún otro disfrute que mirar las cabezas de los ciudadanos desde su balcón. En su juventud debió de ser hermosa y había desperdiciado su vida, torturando al principio a algunos pobres jóvenes con sus caprichos y en los años de madurez sometiéndose a un viejo oficial que a cambio de este precio y un sustento escaso había pasado con ella la edad de bronce hasta su muerte. Ahora se ve sola en la edad de hierro y nadie repararía en ella si su sobrina no fuera tan encantadora.

8 de enero de 1772

¿Qué clase de personas son aquellas cuyo espíritu se concentra en las ceremonias; cuyos anhelos y aspiraciones están encaminadas durante años a lograr que su silla vaya ascendiendo de mesa arrastrándola poco a poco? Y no es que no tengan otra ocasión para tratar sus asuntos, no: se trata más bien de amontonar el trabajo precisamente porque las molestias que ocasiona promocionarse los apartan de las cosas importantes. La semana pasada se hicieron negocios durante el viaje en trineo y se echó a perder toda la diversión.

Qué necios que no ven que lo importante no es la posición, y que aquellos que ocupan la primera rara vez desempeñan el papel principal. ¡Cómo algunos ministros gobiernan a algunos reyes y algunos secretarios gobiernan a sus ministros! ¿Y quién es el primero? Me parece que el que puede ver el interior de los demás y cuenta con suficiente fuerza o astucia para utilizar las energías y pasiones de los otros para la consecución de sus propios planes.

20 de enero

Me veo obligado a escribiros aquí, querida Lotte, en el dormitorio del pequeño albergue de campesinos en el que me encuentro huyendo del mal tiempo. Durante el periodo que llevo vagando en el triste nido de D*** entre gentes extrañas, del todo ajenas a mis sentimientos, no he tenido ningún momento, ninguno, en el que mi corazón me hubiera ordenado escribiros; y ahora, en esta cabaña, en esta soledad, en este aislamiento, mientras la nieve y el granizo golpean mi ventanuco, aquí habéis sido mi primer pensamiento. En cuanto entré me asaltó vuestra figura, vuestro recuerdo, ¡oh Lotte, tan sagrado, tan cálido! ¡Cielo santo! Ha sido el primer instante feliz desde hace tiempo.

¡Si me vierais, querida amiga, en este torrente de distracciones! ¡Cómo se arruinan mis sentidos! ¡No encuentro ni un instante en el que mi corazón se sienta lleno, ninguna hora de felicidad! ¡Nada! ¡Nada! Permanezco de pie como si tuviera ante mí un gabinete de curiosidades y veo a los hombrecitos y a los caballitos corretear y me pregunto si no será una ilusión óptica. Yo juego con ellos, o mejor dicho, alguien juega conmigo como si fuera una marioneta, y a veces cojo la mano de madera de mi vecino y retrocedo espantado. Por las tardes me propongo disfrutar de la puesta de sol y soy incapaz de abandonar mi lecho; durante el día tengo la esperanza de gozar de la luz de la luna y permanezco en mi cuarto. No sé realmente por qué me levanto ni por qué duermo.

Me falta la levadura que ponía mi vida en movimiento; el estímulo que me mantenía despierto en medio de la noche ha desaparecido, lo que me sacaba del sueño por las mañanas ya no está.

Sólo he encontrado una criatura femenina aquí, la señorita de B***; ella se os parece, querida Lotte, si es que algo puede compararse con vos. Seguro que diréis: «¡Ay, a este hombre le ha dado ahora por hacer cumplidos!». No os faltaría razón. Desde hace algún tiempo estoy siendo muy zalamero porque no puedo ser de otra manera, resulto muy ingenioso, y las damas dicen que no saben de nadie que sepa soltar piropos con tanta delicadeza como yo (a lo que tendréis que añadir que sepa mentir, porque si no, no es posible, si entendéis qué quiero decir). Quería hablar de la señorita B***. Tiene un espíritu muy rico que ya se vislumbra en sus ojos azules. Su posición social es su mayor carga, ya que no satisface ninguno de los deseos de su corazón. Ansía escapar del tumulto y pasamos horas fantaseando e interpretando escenas campestres de felicidad pura. ¡Ay! ¡Y también pensamos en vos! ¡Cuánto os ensalza, y no porque se vea en la obligación, sino voluntariamente! Le gusta tanto oír cosas sobre vos… Os quiere tanto…

¡Ay, si estuviera sentado a vuestros pies en aquella querida habitacioncita tan familiar, mientras nuestros pequeños bailaban a mi alrededor! Y si os pareciese que hacían demasiado ruido, los reuniría a mi alrededor y los tranquilizaría con alguna historia de miedo.

La puesta de sol es magnífica sobre esta región cubierta de brillante nieve, el viento se ha llevado la tormenta y yo… yo debo encerrarme de nuevo en mi jaula. ¡Adiós! ¿Está Albert con vos? ¿Y cómo…? ¡Que Dios me perdone por esta pregunta!

8 de febrero

Desde hace ocho días tenemos un tiempo espantoso, aunque me está haciendo bien, ya que desde que estoy aquí no ha habido un día hermoso en el cielo que no me haya estropeado alguien o que no me hayan quitado las ganas. Pero cuando llueve de verdad y hay ventisca y hielo y rocío, ¡ah!, entonces pienso que en casa no se puede estar peor que fuera, o al revés, y así me siento bien. Si el sol se levanta por la mañana augurando un día hermoso, nunca puedo evitar exclamar: aquí tenemos de nuevo un regalo del cielo que acabaremos arrebatándonos unos a otros. No hay nada que no nos quiten. ¡Salud, buen nombre, alegría, descanso! Y la mayor parte de las veces por necedad, ignorancia y mezquindad, y, como siempre dicen, lo hacen con la mejor intención. A veces les pediría de rodillas que no se sacaran las entrañas con tanta furia.

17 de febrero

Temo que mi embajador y yo no aguantaremos mucho más juntos. El tipo es del todo insoportable. Su forma de trabajar y hacer negocios es tan ridícula que no puedo evitar contradecirlo y hacer a menudo las cosas a mi manera, siguiendo mis propias ideas, algo que a él nunca le parece bien, como es natural. Por este motivo denunció mi comportamiento en la corte y el ministro me dedicó una reprimenda, suave, sí, pero una reprimenda al fin y al cabo, y ya estaba dispuesto a presentar mi dimisión cuando recibí una carta privada suya, una carta ante la cual me arrodillé y veneré aquella inteligencia alta, noble y sabia. ¡Cómo me reprocha mi excesiva sensibilidad, cómo alaba mis extremadas ideas sobre la eficacia, sobre la influencia en los demás, sobre cómo imponerse en los negocios!; y las considera muestras de ánimo juvenil y bienintencionado; y cómo desea no echarlas a perder, sino suavizarlas y reconducirlas al lugar adecuado, allí donde pueden tener un efecto realmente poderoso. He encontrado fuerzas para los próximos ocho días y me he puesto en paz conmigo mismo. La tranquilidad de espíritu es algo maravilloso, así como la alegría en sí. ¡Querido amigo, ojalá esta joya no fuera tan frágil como bella y valiosa!

20 de febrero

¡Que Dios os bendiga, queridos amigos, y os dé todos los días buenos que a mí me quita!

Te agradezco que me hayas engañado, Albert: esperaba la noticia de cuándo sería vuestra boda y me había propuesto descolgar la silueta de Lotte de la pared con la mayor ceremonia y enterrarla entre otros papeles. ¡Ahora sois una pareja y su silueta sigue aquí! ¡Pues así se quedará! ¿Y por qué no? Sé que yo también estoy con vosotros, permanezco indemne en el corazón de Lotte, ocupo; sí, ocupo el segundo lugar en su interior y debo mantener este puesto. Oh, me pondría furioso si la pudiera olvidar… Albert, la sola idea es un suplicio. Albert, sé feliz. ¡Sé feliz, ángel celestial! ¡Sé feliz, Lotte!

15 de marzo

He sufrido una contrariedad que me sacará de aquí. ¡Me rechinan los dientes! ¡Demonios! No hay nada que hacer y es sólo culpa vuestra, de los que me espoleabais y me empujabais y me torturabais para que ocupara un puesto que no se amoldaba a mi espíritu. ¡Ahora ya lo tenéis! ¡Ya lo tenéis! Y para que no digas otra vez que mis extravagantes ideas lo estropean todo, te presento, querido señor, una narración simple y llana, tal como la reflejaría un cronista.

El conde de C*** me tiene cariño, me prefiere, eso es algo conocido y ya te lo he contado cientos de veces. Ayer estaba sentado a la mesa con él, precisamente el día en el que lo más granado de la sociedad se reúne en su casa y yo no había pensado ni me había dado cuenta de que nosotros, los subalternos, no formamos parte de ese grupo. Bien. Ceno con el conde y después nos ponemos a pasear por la gran sala, hablo con él, con el coronel B***, que se une a nosotros, y así llega la hora de la tertulia. Dios sabe que no pensaba nada en particular. Entonces entra la piadosísima dama de S*** con su señor esposo y ese gansito bien empollado que es su hija, de pecho plano y encantador cuerpo de alambre, dan una pasada con sus muy nobles ojos y orificios nasales que han tenido a bien traer consigo; y como a mí la alta alcurnia me resulta profundamente desagradable, tengo la intención de despedirme y espero simplemente a que el conde se libere de sus molestos desatinos cuando entra mi señorita B***. Como el corazón siempre se me acelera un poco cuando la veo, me quedo, me pongo tras su silla y después de algún tiempo noto que habla conmigo con menor franqueza que normalmente, con cierto incómodo. Entonces caí en la cuenta. Pensé: ¿es como el resto de la gente? Y me sentí herido en mi orgullo y me planteé irme, aunque al final me quedé porque me hubiera gustado disculparla y no me lo creía y esperaba que pronunciara alguna palabra amable y… piensa lo que quieras. Mientras tanto el grupo aumenta. El barón de F*** llega con todo el guardarropa de la época de la coronación de Francisco I; el consejero áulico R***, que en este caso es tratado como señor de R***, con su sorda esposa, etc., sin olvidar al desarrapado J***, que remienda los agujeros de su vestuario de viejo francón con trapos de última moda. Todo esto viene a aumentar el grupo y yo hablo con algunos de mis conocidos y todos se muestran muy lacónicos. Pensaba en mi B*** y sólo me fijaba en ella, por lo que no noté que las mujeres al final de la sala se susurraban al oído algo que comenzó a circular por entre los hombres, y que la señora de S*** habló con el conde (todo esto me lo ha contado después la señorita B***) hasta que al final el conde se dirigió a mí y me llevó junto a una ventana. «Usted conoce —me dice— lo singular de nuestras relaciones sociales; tengo la impresión de que el grupo está descontento por tenerle aquí. Por nada del mundo querría…». «Excelencia —atajé—, le pido mil perdones; debí haberme dado cuenta antes y sé que me disculpará esta inconsciencia. Antes ya tenía intención de despedirme, pero un genio perverso me ha retenido», añadí sonriendo al tiempo que le hacía una reverencia. El conde apretó mi mano con un sentimiento que lo decía todo. Me fui retirando poco a poco de tan distinguido grupo, me marché, me senté en un cabriolé y fui a M*** para ver la puesta de sol desde una colina que hay allí y leer mientras en mi Homero aquel magnífico canto en el que el Ulises es servido por aquel honrado porquero. Entonces sentí que todo estaba bien.

Por la noche volví a cenar; aún quedaban algunos en la posada; estaban jugando a los dados en un rincón y habían quitado el mantel. Entonces llega el sincero Adelin, se quita su sombrero mientras me mira, se acerca a mí y me dice en voz baja: «¿Estás enfadado?». «¿Yo?», respondo. «El conde te ha echado de la tertulia». «¡Que el demonio se la lleve! —respondo—, me alegré de poder salir al aire libre». «Bien —dice él—, mejor tomárselo así. Sólo me molesta que el cuento esté ahora en boca de todos». Entonces el asunto comienza a molestarme. Todos los que vienen a la mesa y te observan, pensaba, te están mirando por ese motivo. Esto me pudría la sangre.

E incluso hoy, vaya donde vaya, la gente me compadece, y los que me envidian se sienten triunfantes y dicen: aquí se ve a dónde lleva el creerse más de lo que se es; a dónde van los orgullosos que asoman un poco la cabeza y creen que por eso ya están por encima de las relaciones sociales y chismorreos del mismo palo. Entonces deseo atravesarme el corazón con un cuchillo, porque uno puede decir lo que quiera sobre el autocontrol, pero me gustaría verlo soportar cómo unos villanos hablan sobre él cuando tienen argumentos en su contra; cuando las murmuraciones son vanas, entonces es fácil ignorarlas.

16 de marzo

Todo me persigue. Hoy me he encontrado con la señorita B*** en el paseo y no pude evitar dirigirme a ella y mostrarle, en cuanto estuvimos algo alejados de la concurrencia, mi parecer respecto de su reciente comportamiento. «Oh, Werther —me dijo en un tono ferviente—, conocéis mi corazón, así que, ¿podréis perdonar mi confusión? ¡Cuánto he sufrido por vuestra causa desde el instante en el que entré en la sala! Sabía qué iba a pasar, estuve a punto de decíroslo cientos de veces. Sabía que las señoras de S*** y de T*** preferirían abandonar la tertulia con sus maridos antes de permanecer en vuestra compañía; sabía que el conde no quería disgustaros... ¡Y todo este escándalo!». «¿Qué quiere decir, señorita?», dije ocultando mi espanto, porque en esos instantes todo lo que Adelin me había dicho anteayer corría por mis venas como agua hirviente. «¿Cuánto me habrá costado ya?», dijo esa dulce criatura mientras las lágrimas asomaban a sus ojos. Yo ya no podía controlarme, estaba a punto de arrojarme a sus pies. «Explíquese», exclamé. Las lágrimas se deslizaban por sus mejillas. Yo estaba fuera de mí. Ella se las secaba sin intentar ocultarlas. «Usted conoce a mi tía —comenzó—; ella estaba presente y os ha... ¡Ay, con qué ojos os miraba! Werther, ayer por la noche y esta mañana he aguantado un sermón sobre mi relación con vos y he tenido que oír cómo os vilipendiaba y humillaba, y sólo podía defenderos a medias».

Cada palabra que pronunciaba era como una espada que me atravesaba el corazón. No se daba cuenta de lo misericordioso que hubiera sido ocultarme todo aquello, y aún añadió lo que se estuvo cotilleando después, explicándome qué tipo de gente se sentiría triunfante con aquello. Cómo algunos se alegraban y se sentían aún más porque consideraban esto un castigo a mi orgullo y al desprecio hacia otros. Escuchar todo esto de ella, Wilhelm, con una voz que delataba compartir sinceramente mi dolor... Estaba destrozado, y aún siento la ira dentro de mí. Deseaba que alguno se atreviera a reprochármelo para atravesarle el cuerpo con una espada; a la vista de la sangre me sentiría mejor. Ay, cogí cien veces un cuchillo para aliviar la presión de este oprimido corazón. Cuentan que una raza noble de caballos, cuando se sienten horriblemente acalorados y agotados, por instinto se muerden ellos mismos una vena para respirar mejor. A mí también me sucede lo mismo a menudo, me gustaría abrirme una vena para lograr la libertad eterna.

24 de marzo

He presentado mi renuncia a la corte y espero que me la admitan, y supongo que me disculparéis que no os haya pedido permiso antes. Tenía que irme y lo que vos me pudierais decir para convencerme de que me quedara ya lo sé, y así... Explicádselo a mi madre de manera suave; yo no encuentro ayuda para mí mismo y supongo que aceptará que tampoco pueda proporcionarle ayuda a ella. Seguro que le hará daño. ¡Ver cómo se detiene la hermosa carrera que su hijo acababa de iniciar camino del consejo privado y de la embajada y contemplar cómo retrocede hasta el inicio! Explicadlo como queráis y combinad todas las posibilidades bajo las que hubiera podido y debido quedarme; es suficiente, me voy, y para que sepáis a dónde, el príncipe *** está aquí y le agrada mucho mi compañía; como oyó que me marchaba me ha pedido ir a sus posesiones y pasar allí la hermosa primavera. Me ha prometido que me dejarán hacer lo que quiera, y como hasta cierto punto nos entendemos, quiero probar fortuna e ir con él.

POSDATA

19 de abril

Gracias por las dos cartas. No respondí porque quería dejar en suspenso esta hoja hasta que en la corte aceptaran mi dimisión; temía que mi madre se dirigiera al ministro y dificultara mi propósito. Pero ya ha sucedido, mi cese está aquí. No hace falta que te diga lo poco que les ha gustado tener que dármela. El ministro me avisa que pese a todo sufriré nuevos lamentos. El príncipe heredero me ha enviado veinticinco ducados en su despedida con unas palabras que me han emocionado hasta hacerme llorar. Por tanto no necesito el dinero que le pedí a mi madre hace poco.

5 de mayo

Mañana me marcho de aquí y como mi lugar de nacimiento sólo dista seis millas de mi camino, tengo la intención de verlo de nuevo; quiero recordar los viejos tiempos felices que transcurrieron como en un sueño. Quiero entrar precisamente por las puertas por las que salió mi madre conmigo cuando abandonó aquel lugar conocido y querido tras la muerte de mi padre para encerrarse en su insoportable ciudad. Adiós, Wilhelm, ya sabrás de mis pasos.

9 de mayo

He finalizado la visita a mi lugar natal con todo el recogimiento de un peregrino y algunas sensaciones inesperadas han hecho presa en mí. Ordené que nos detuviéramos junto al gran tilo que se encuentra a un cuarto de hora de la ciudad en dirección a S***, me apeé y ordené al postillón que continuara el viaje para disfrutar a pie de cada recuerdo como si fuera algo completamente nuevo y vivo, siguiendo los impulsos de mi corazón. Allí estaba yo, bajo el tilo que antaño, cuando era un niño, había sido el destino y la frontera de mis paseos. ¡Qué distinto es todo ahora! Entonces ansiaba salir de allí en mi feliz ignorancia y llegar al mundo desconocido, donde mi corazón esperaba encontrar tanto alimento, tantos placeres, ansiando llenar y satisfacer mi esforzado pecho, en el que tantas expectativas residían. Ahora vuelvo del ancho mundo… ¡Ay, amigo mío, con cuántas esperanzas fallidas, con cuántos planes destruidos! Veía ante mí las montañas que habían sido objeto de mis deseos miles de veces. Podía permanecer allí sentado durante horas y anhelar ir más allá, perderme con ferviente espíritu en los bosques, en los valles en los que, a mis ojos, se producirían los más alegres amaneceres. Y cuando debía volver a la hora señalada, ¡con cuánto disgusto abandonaba aquel querido lugar! Me acerqué a la ciudad, saludé los pabellones de los jardines que conocía de antiguo, mientras que los nuevos me resultaban repulsivos, como el resto de los cambios que se habían llevado a cabo. Traspasé la puerta y me sentí exactamente igual que entonces. Querido amigo, no puedo entrar en detalles; por fascinante que me pareciera entonces, la narración lo convertiría en algo banal. Decidí alojarme en la plaza del mercado, justo al lado de nuestra antigua casa. Mientras me dirigía hacia allí, percibí que la escuela donde una maravillosa anciana había domeñado nuestra infancia se había convertido en una tienda de baratijas. Recordé la intranquilidad, las lágrimas, la falta de agudeza, el miedo mortal que había soportado en aquel agujero. No daba un paso que no resultara singular. Un peregrino en Tierra Santa no se encuentra con tantos lugares que conmemoran acontecimientos religiosos y su espíritu difícilmente está tan lleno de sagrada emoción. Déjame mencionarte uno más de entre miles. Descendí siguiendo el río hasta cierto patio; este había sido también el camino que seguía y el lugar donde entrenábamos de niños para lograr que los cantos lisos dieran el mayor número de saltos posibles sobre el agua. Recordaba vivamente que a veces me quedaba allí de pie y seguía el agua con la mirada. ¡Con qué maravillosos presagios la perseguía, qué descabelladas eran las ideas que se me ocurrían sobre la región hacia donde fluía y cómo mi fantasía encontraba allí sus fronteras! Y sin embargo debía continuar avanzando, siempre avanzando, hasta que me perdía por completo en la contemplación de una lejanía invisible. ¡Fíjate, querido amigo, así de limitados y así de felices eran los gloriosos padres de la antigüedad! ¡Sus sentimientos, su poesía, eran así de infantiles! Cuando Ulises habla del insondable mar y de la infinita tierra, resulta tan cierto, tan humano, íntimo, concreto y misterioso. ¿Qué me aporta poder repetir con cada niño de escuela que es redonda? El ser humano precisa de poco terreno para ser feliz sobre la tierra y mucho menos para yacer debajo.

Ahora me encuentro aquí, en el pabellón de caza del príncipe. La vida con su majestad es muy agradable; es sincero y sencillo. A su alrededor hay gente extraña a la que no comprendo. No parecen bribones y sin embargo tampoco tienen el aspecto de personas honestas. A veces me parecen honrados y no obstante no puedo confiar en ellos. Lo que aún me apena es que el señor a menudo habla de cosas que sólo ha oído o leído y las comenta desde el punto de vista que el otro le ha presentado.

También valora mi inteligencia y mi talento por encima de este corazón que es mi único motivo de orgullo, ya que es la fuente de todo, de todas mis fuerzas, toda felicidad y toda nobleza. Ay, lo que yo sé lo puede saber cualquiera, pero mi corazón me pertenece sólo a mí.

25 de mayo

Tenía algo rondándome la cabeza acerca de lo cual no quería comentaros nada hasta que fuese cosa hecha; ahora que sé que no sucederá, también puedo contároslo. Quería ir a la guerra; es algo que llevaba en el corazón desde hacía tiempo. Esta ha sido la razón principal para que siguiera al príncipe hasta aquí, ya que ostenta el cargo de general en el servicio de ***. Durante un paseo le revelé mi propósito; me aconsejó no hacerlo, y mi decisión debería haber sido más fruto de la pasión que del capricho para poder oponerme a sus razones.

11 de junio

Di lo que quieras, ya no puedo quedarme. ¿Qué pinto aquí? El tiempo se me hace largo. El príncipe me trata todo lo bien que se puede tratar a alguien y sin embargo no me siento a gusto. En realidad no tenemos nada en común. Es un hombre razonable, pero de una razón muy común; su trato ya no me divierte más que un libro bien escrito. Me quedaré otros ocho días y después volveré a vagabundear sin rumbo fijo. Lo mejor que he hecho aquí son mis dibujos. El príncipe tiene sensibilidad artística y tendría más si no la limitara con desagradables observaciones científicas y con la terminología habitual. A veces me pone furioso cuando viajo con ardiente imaginación por la naturaleza y el arte y él, con la mejor intención, entra como un elefante en una cristalería con algún término artístico manido.

16 de junio

¡Por supuesto que sólo soy un vagabundo, un peregrino por el mundo! ¿Acaso sois vos algo más?

18 de junio

¿A dónde quiero ir? Te lo puedo confesar en confianza. Tengo que quedarme aquí otros catorce días y después he manifestado mi deseo de visitar las minas en ***; pero la verdad es que no es cierto: quiero volver a acercarme a Lotte. Y me río de mi propio corazón… y cumplo todos sus deseos.

29 de julio

¡No, está bien! ¡Todo está bien! Yo… ¡Su marido! Oh, Dios, tú que me creaste, si me hubieras concedido esta ventura, toda mi vida sería una continua oración. ¡No quiero discutir y perdóname estas lágrimas, perdóname mis perversos deseos! ¡Ella mi esposa! ¡Si hubiese estrechado entre mis brazos a la criatura más adorable sobre la faz de la tierra! Un escalofrío me recorre el cuerpo, Wilhelm, cuando Albert la agarra por su esbelta cintura.

Y, ¿puedo decirlo? ¿Por qué no, Wilhelm? ¡Conmigo ella hubiese sido más feliz que con él! Ay, él no es la persona que pueda cumplir todos los deseos de ese corazón. Cierta falta de sensibilidad, una falta… tómalo como quieras; que su corazón no late al mismo ritmo en algún pasaje de un libro querido en el que mi corazón y el de Lotte se encuentran; en cientos de casos distintos, cuando expresamos nuestras sensaciones acerca de las acciones de un tercero. Querido Wilhelm, es cierto que la ama con toda su alma y es un amor tal… Pero ¡qué no se merece ella!

Una persona insoportable me ha interrumpido. Mis lágrimas se han secado. Estoy distraído. ¡Adiós, querido amigo!

4 de agosto

No soy el único que se siente así. Todas las personas ven sus esperanzas decepcionadas, se les engaña en sus expectativas. Visité a mi buena mujer bajo el tilo. El mayor de los niños corrió hacia mí, su grito de alegría atrajo a la madre, que parecía muy abatida. Sus primeras palabras fueron: «¡Señor, se me ha muerto mi Hans!». Era el más joven de sus hijos. Yo me quedé callado. «Y mi marido —continuó— ha regresado de Suiza y no ha traído nada, y de no ser por algunas buenas personas se hubiera visto obligado a mendigar para regresar; cogió las fiebres cuando se dirigía allí». No pude decir nada y le regalé algo al pequeño; ella me pidió que aceptara algunas manzanas, lo hice, y abandoné ese lugar de triste recuerdo.

21 de agosto

En un abrir y cerrar de ojos cambia mi situación. A veces una mirada alegre de la vida despierta una nueva luz, pero, ¡ay!, ¡sólo durante un instante! Cuando me pierdo en sueños no puedo evitar pensar qué sucedería si Albert muriera. Serías… ¡Sí, ella sería…! y entonces persigo esta locura mental hasta que me conduce al abismo ante el cual vuelvo en mí con un estremecimiento.

Cuando salgo por la puerta y sigo el camino que recorrí por primera vez para llevar a Lotte al baile, ¡qué diferente era todo! ¡Todo, todo ha terminado! No queda ni rastro de aquel mundo, ningún latido que recuerde mis sentimientos de entonces. Me siento como debe de sentirse un espectro que regresa al castillo incendiado y destruido que levantó y dotó de toda clase de maravillas cuando era un poderoso señor y que, en su lecho de muerte, legó a su amado hijo poniendo en él todas sus esperanzas.

3 de septiembre

¡A veces no comprendo cómo puede tenerle cariño a otro, cómo es lícito que le tenga cariño a otro amándola yo tan fervientemente, con tanta plenitud, sólo a ella, y no conozco, ni sé, ni tengo nada que no sea ella!

4 de septiembre

Sí, así es. Así como la naturaleza tiende hacia el otoño, también llega el otoño en mi interior y a mi alrededor. Mis hojas se tornan amarillas y las de los árboles vecinos ya han caído. ¿No te escribí en una ocasión, justo después de llegar aquí, acerca de un joven campesino? Pregunté por él de nuevo en Wahlheim; cuentan que lo echaron del servicio y nadie quiere saber nada más de él. Ayer me lo encontré por casualidad de camino hacia otro pueblo, me dirigí a él y me contó su historia, que me ha conmovido hasta lo más profundo, como comprenderás fácilmente cuanto te la transmita. Sin embargo, ¿por qué hago todo esto? ¿Por qué no me guardo para mí lo que me atemoriza y me molesta? ¿Por qué te entristezco también a ti? ¿Por qué siempre te doy ocasión para que me compadezcas y me reprendas? Pues que así sea; ¡puede que esto también forme parte de mi destino!

Con una callada tristeza en la que creí percibir cierto retraimiento, al principio se limitó a responder a mis preguntas; pero pronto me confesó abiertamente sus errores y lamentó su desgracia, como si me hubiera reconocido de repente. ¡Amigo mío, si pudiera repetirte fielmente cada una de sus palabras! Lo admitió con una especie de placer y de felicidad por rememorar de nuevo lo sucedido; me contó que la pasión por su señora había ido aumentando en él día tras día, hasta que al final no sabía ni qué hacía ni dónde tenía la cabeza, como él mismo expresó. No podía ni comer, ni beber ni dormir; tenía un nudo en la garganta, hacía lo que no tenía que hacer, olvidaba lo que le encargaban, como si un espíritu burlón lo persiguiera, hasta que un día en el que sabía que ella estaba en uno de los aposentos superiores, la siguió, o mejor dicho, se sintió como si ella lo atrajera. Como no atendía a sus súplicas, quiso hacerla suya por la fuerza; no sabía cómo pudo suceder y tomaba a Dios por testigo de que sus intenciones con ella siempre habían sido honestas y que no había cosa que deseara más que casarse con ella y poder pasar la vida a su lado. Llevaba algún tiempo hablando cuando comenzó a interrumpirse como alguien que aún tiene algo que decir y que no se atreve a manifestar; al final me confesó también con timidez las pequeñas confianzas que ella le había permitido tomarse y la cercanía que le había concedido. Se interrumpió dos, tres veces, y repetía con las más vivas protestas que no decía eso para hacerla de menos, según sus propias palabras, que la amaba y que la tenía en la misma estima que antes, que nunca había dicho algo así y que sólo me lo había contado para convencerme de que no era ningún pervertido ni ningún loco. Y en este punto, querido amigo, retomo mi vieja canción, ésa que tendré que interpretar siempre: ¡si te pudiera representar a aquel hombre tal como estaba ante mí, como aún lo tengo ante mis ojos! Si pudiera transmitírtelo todo adecuadamente para que sintieses cómo participaba en su fatalidad, cómo me veía obligado a participar. Pero ya basta, tú también conoces mi destino, y me conoces a mí; demasiado bien sabes lo que me atrae de todos los infelices, lo que me atrae especialmente de este desdichado.

Ahora que releo la página, veo que he olvidado contarte el final de la historia, aunque es fácil de imaginar. Ella se defendió; se sumó su hermano, que hacía tiempo que lo odiaba y deseaba que abandonara la casa desde el principio porque temía que si su hermana se casaba de nuevo, sus hijos perderían la herencia en la que tantas esperanzas había puesto, ya que su hermana no tenía descendencia; éste lo echó de inmediato a la calle y causó tal revuelo con el asunto que la mujer no hubiera podido tomarlo de nuevo a su servicio incluso aunque hubiese querido. Ahora ha contratado a otro sirviente y se dice que también está enemistada con su hermano por él, y se da por cierto que se casará con éste, aunque su hermano está firmemente decidido a no permitirlo.

Lo que te cuento no es exagerado, no he embellecido nada. Incluso puedo decirte que mi narración ha sido débil, floja, y que la he envilecido al presentarla con nuestras decentes y rutinarias palabras.

Este amor, esta fidelidad, esta pasión no es, por tanto, ninguna invención poética. Vive, habita con su mayor pureza entre la clase de gente que nosotros consideramos iletrados y brutos. Nosotros los eruditos, que tenemos una formación que para nada sirve. Lee la historia con recogimiento, te lo ruego. Hoy me siento tranquilo mientras escribo; puedes verlo en mi mano, en que mi escritura no es tan tempestuosa ni tan llena de borrones como habitualmente. Lee, querido Wilhelm, y al hacerlo piensa que también es la historia de tu amigo. Sí, esto es lo que me ha pasado a mí y me acabará sucediendo lo mismo, y no soy ni la mitad de bueno ni la mitad de resuelto que este pobre desdichado con el que apenas me atrevo a compararme.

5 de septiembre

Ella le había escrito una nota a su marido, que se encuentra en el campo, donde le retienen los negocios. Comenzaba así: «Querido mío, amado, vuelve en cuanto puedas, te esperan mil alegrías». Vino un amigo con la noticia de que algunos inconvenientes le impedirían regresar pronto. La nota se quedó allí y por la tarde cayó en mis manos. La leí y sonreí; ella me preguntó la causa. «¡Qué divino regalo es la fantasía! —exclamé—, durante un instante me imaginé que iba dirigida a mí». Interrumpió la conversación, parecía haberse disgustado, y yo guardé silencio.

6 de septiembre

Me ha costado decidirme a abandonar el sencillo frac azul con el que bailé por primera vez con Lotte, pero se encontraba en muy mal estado. También he mandado que me hagan uno igual que el anterior, con el mismo cuello y solapas, y también otro chaleco amarillo y calzas a juego.

Sin embargo no tiene el mismo efecto que el anterior. No sé... Creo que con el tiempo éste me gustará más.

12 de septiembre

Ha estado de viaje algunos días para ir a buscar a Albert. Hoy entré en su cuarto, ella vino a mi encuentro y besé su mano con enorme alegría.

Un canario voló desde el espejo hasta su hombro. «Un nuevo amigo —dijo, y lo atrajo hacia su mano—, lo he traído para los pequeños. ¡Es de lo más cariñoso! ¡Fijaos! Cuando le doy pan agita sus alas y picotea con muy buena educación. También me besa, ¡mirad!». Se llevó el animalito a la boca y se acercó a sus dulces labios con tal ternura que parecía que pudiera sentir la felicidad de la que disfrutaba.

«También os tiene que besar a vos», dijo alcanzándome el pájaro. Su pequeño pico hizo el trayecto de su boca a la mía y aquel roce que picoteaba mis labios era como un hálito, un presentimiento de amorosos placeres.

«Su beso —dije— no está del todo libre de codicia, está buscando alimento y abandona insatisfecho los besos que no se lo proporcionan».

«También come de mi boca», dijo ella. Le ofreció algunas migas con sus labios, en los que sonreían voluptuosas las alegrías de un amor inocente y correspondido.

Volví el rostro. ¡No debería hacerlo! No debería excitar mi imaginación con estas imágenes de inocencia celestial y de felicidad y despertar a mi corazón del sueño en el que la indiferencia de la vida lo mece a veces... ¿Y por qué no? ¡Confía tanto en mí! ¡Sabe cuánto la amo!

15 de septiembre

Me pone furioso que haya personas, Wilhelm, sin ningún sentido ni sensibilidad para las pocas cosas sobre la tierra que aún tienen valor. Conoces los nogales bajo los que nos sentamos Lotte y yo en la casa del honrado pastor de San ***. ¡Aquellos magníficos nogales! ¡Dios sabe cuánto placer espiritual me proporcionaban! Hacían el patio de la casa parroquial tan acogedor, tan fresco…, ¡y sus ramas eran tan magníficas! ¡Y el recuerdo de aquellos venerables religiosos que los plantaron hace tantos años! El maestro mencionaba a menudo el nombre de uno de ellos, que él conocía por su abuelo; y debió de ser un hombre realmente bueno, y lo recordábamos bajo los árboles con un respeto casi sagrado. Puedes creerte que el maestro tenía los ojos llenos de lágrimas cuando ayer hablamos de que los habían talado. ¡Talado! Creía volverme loco, hubiese podido matar a la bestia que les dio el primer hachazo. Yo, que sufriría si tuviera un par de árboles en mi patio y uno muriera de viejo, yo tengo que contemplar algo así. ¡Amigo, esto no es todo! ¡Lo que es la sensibilidad humana! Todo el pueblo murmura, y espero que la esposa del pastor perciba en la mantequilla, los huevos y en el resto de los presentes que le ofrecen los aldeanos cuán grande ha sido la herida que le ha asestado a este lugar. Porque ha sido ella quien ha causado esto, la esposa del nuevo pastor (el anciano también ha muerto), una criatura molesta y enfermiza y que no siente ninguna simpatía por el mundo porque nadie siente simpatía por ella. Una necia que aparenta ser culta, se mete a investigar cánones, trabaja mucho con la reforma crítico-moral del cristianismo que ahora está de moda y se encoge de hombros ante el lirismo de Lavater, un ser de salud débil que por eso es incapaz de encontrar placer alguno en toda la superficie de la tierra. Sólo una criatura así sería capaz de desgajar mis nogales. ¿Lo ves? ¡No soy capaz de calmarme! Imagínatelo: las hojas caídas le ensucian el patio y lo enmohecen, los árboles le quitan luz y cuando las nueces están maduras, los niños les tiran piedras y eso la pone nerviosa, la molesta durante sus profundas reflexiones en las que compara a Kennikor, Semler y Michaelis. Como he visto que la gente en el pueblo estaba muy descontenta, especialmente los ancianos, pregunté: «¿Por qué lo habéis permitido?». «Si el alcalde quiere —me dijeron—, ¿qué se le va a hacer?». Pero una cosa ha salido bien. El alcalde y el párroco, que también quería sacar algo de provecho de las chifladuras de su esposa, que sin él carece de peso alguno, decidieron repartirse las ganancias de la venta de los nogales; la cámara se enteró de esto y dijo: «¡Que los traigan aquí!», ya que tenía aún antiguos derechos sobre la parte del patio donde estaban los árboles, y los vendieron al mejor postor. ¡Yacen en el suelo! ¡Ay, si yo fuese príncipe! Cogería a la mujer del párroco, al alcalde y a la cámara y les… ¡Príncipe!… Sí, si yo fuera príncipe, ¡qué me importarían a mí los árboles de mis tierras!

10 de octubre

¡Sólo con ver sus negros ojos ya me siento bien! Ya ves. Y lo que me molesta es que Albert no parece ser tan afortunado como… Esperaba… Cuando yo… Creía ser… Cuando… No me gusta dejar puntos suspensivos en los pensamientos, pero en este caso no puedo expresarme de otra manera… Y me parece que estoy siendo suficientemente claro.

12 de octubre

Ossian ha ocupado el lugar de Homero en mi corazón. ¡A qué mundo me transporta este extraordinario escritor! Vagar sobre la landa con el viento de la tormenta silbando a tu alrededor, el viento que conduce a los espíritus de los antepasados a través de la densa niebla bajo la luz crepuscular de la luna. Oír desde las montañas los quejidos de los fantasmas desde sus cavernas, diluyéndose entre el estruendo del torrente del bosque y los gemidos de dolor de la doncella que grita mientras su vida se apaga junto a las cuatro piedras cubiertas de musgo y hierba del noble fallecido, su amado. Entonces, cuando encuentro al bardo gris errante que sigue sobre la amplia landa las pisadas de sus antepasados, y, ¡ay!, descubre sus lápidas y entonces, lamentándose, mira al adorado lucero vespertino que se oculta en el mar enrarecido, y la época del pasado cobra vida en el alma del héroe, una época en la que un rayo amable iluminaba los peligros que acechaban a los valientes y la luna alumbraba su barco que regresaba coronado con la victoria. Cuando leo las profundas preocupaciones en su frente, cuando veo al último ser extraordinario flaquear agotado ante la tumba, cuando recibe nuevas y dolorosas alegrías en la presencia exánime de las sombras de sus difuntos y baja la mirada hacia la fría tierra, hacia la alta hierba que agita el viento, y exclama: «El caminante vendrá, vendrá quien me conoció durante mi esplendor y preguntará: ¿dónde está el bardo, el noble hijo de Fingal? Camina sobre mi tumba y pregunta en vano por mí en la tierra». ¡Oh, amigo! Me gustaría ahora mismo sacar la espada como un noble escudero, librar de una vez por todas a mi señor de la espantosa tortura de una vida que se extingue lentamente y después enviar también mi alma tras el semidiós a quien he liberado.

19 de octubre

¡Ay, este vacío! ¡Este horrible vacío que siento aquí, en mi pecho! A menudo pienso que si pudiera apretarla contra este corazón sólo una vez, tan sólo una vez, colmaría todo este vacío.

26 de octubre

¡Sí, me estoy dando cuenta, querido amigo! Cada vez me doy más cuenta de que la existencia de una criatura es insignificante, muy insignificante. Vino una amiga a casa de Lotte y yo me dirigí a la habitación contigua para coger un libro, y no pude leer, y después tomé una pluma para escribir. Las oí hablar en voz baja; se contaban cosas sin importancia, novedades de la ciudad: que ésta se había casado, que aquélla estaba enferma, muy enferma; que otra tenía una tos seca y los huesos se le marcaban en el rostro, y le daban desmayos; «no doy ni un penique por su vida», decía una. «N. N. también está muy mal», comentaba Lotte. «Ya está tumefacto», decía la otra. Y mi viva imaginación me situaba junto a la cama de esos pobres; veía cómo le volvían la espalda a la vida muy a su pesar, veía cómo… ¡Wilhelm! Y estas mujercitas hablaban al respecto como se habla cuando muere un extraño. Y cuando miro a mi alrededor y me fijo en la habitación, y encuentro los vestidos de Lotte y los escritos de Albert, y estos muebles que tan conocidos me resultan, incluso este tintero, y pienso: «¡Fíjate lo importante que eres para la gente de esta casa! ¡Tus amigos te adoran! A menudo eres motivo de su alegría y da la impresión de que tu corazón no podría existir sin ellos. Sin embargo, ¿y si tú te fueras, y si abandonaras este círculo? ¿Sentirían, durante cuánto tiempo sentirían el vacío que tu pérdida dejaría en su destino? ¿Durante cuánto tiempo?». Ay, el ser humano es tan efímero que incluso allí donde radica la auténtica certeza de su existencia, allí donde deja la única huella real de su presencia, en el recuerdo, en el alma de sus seres queridos, incluso allí deberá desvanecerse, desaparecer, y además en breve plazo.

27 de octubre

A menudo me gustaría desgarrarme el pecho y abrirme la cabeza por lo poco que significamos los unos para los otros. Ay, el amor, la felicidad, el calor y el bienestar que yo no poseo es algo que los otros no me pueden aportar, y con todo un corazón repleto de felicidad no haré dichoso a otro que esté frío y agotado junto a mí.

27 de octubre

Tengo tanto… Y mis sentimientos por ella lo devoran todo. Tengo tanto, y sin ella todo me parece nada.

30 de octubre

¡He estado ya cien veces a punto de abalanzarme sobre su cuello! Dios sabe lo que significa ver cruzarse ante uno algo tan adorable y no poder alcanzarlo; y sin embargo, tratar de alcanzar algo es el impulso más natural del ser humano. ¿Acaso los niños no intentan alcanzar todo lo que les apetece? ¿Y yo?

3 de noviembre

Dios sabe que a menudo me echo en la cama con el deseo, incluso a veces con la esperanza de no volver a despertar; y por las mañanas abro los ojos, vuelvo a ver el sol y me siento desgraciado. Ojalá pudiera ser voluble, echarle la culpa al tiempo, a un tercero, a un intento fracasado; así sólo descansaría sobre mis hombros la mitad de esta carga insoportable que supone mi enojo. ¡Pobre de mí! Tengo demasiado presente que la culpa es sólo mía… ¡Pero no es ninguna culpa! Ya es suficiente con que la fuente de toda miseria esté oculta en mi interior como en otro tiempo estuvo la fuente de toda felicidad. ¿Es que no soy el mismo que entonces se sentía flotar pleno de emociones, aquel que descubría un paraíso a cada paso, aquel que tenía un corazón capaz de abrazar cariñosamente al mundo entero? Y este corazón ahora está muerto, de él ya no brota embeleso alguno, mis ojos están secos y mis sentidos, que ya no sienten el alivio de balsámicas lágrimas, arrugan preocupados mi frente. Sufro mucho porque he perdido lo que suponía mi único placer en la vida, la sagrada fuerza vivificante con la que creaba mundos a mi alrededor. ¡Ha desaparecido! Cuando miro por mi ventana más allá de la lejana colina y observo cómo el sol de la mañana se eleva tras ella, atraviesa la bruma e ilumina el silencioso fondo de la pradera, y el suave río serpentea entre sus sauces desnudos… ¡Ay! Cuando esta maravillosa demostración de la naturaleza aparece estática ante mí como un cuadrito lacado y todo este placer es incapaz de bombear ni una gota de felicidad desde mi corazón al cerebro, el ser humano está ante Dios como un pozo sellado, como una vasija agrietada. A menudo me he arrojado al suelo y le he pedido lágrimas a Dios como un campesino ruega por la lluvia cuando un cielo de bronce se cierne sobre él y a su alrededor la tierra muere de sed.

Pero, ay, puedo sentir que Dios no nos concede la lluvia y el sol en respuesta a nuestros vehementes ruegos. ¿Por qué fueron tan felices aquellos tiempos cuyo recuerdo me tortura? ¡Porque esperaba pacientemente su espíritu y recibía la ventura que derramaba sobre mí con todo el corazón henchido de agradecimiento!

8 de noviembre

¡Me ha reprendido por mis excesos! Ay, ¡lo ha hecho de una manera tan adorable! Mis excesos son que a veces empiezo un vaso de vino y acabo bebiendo una botella. «No lo hagáis —me dijo—, ¡pensad en Lotte!». «¡Pensar! —contesté yo—, ¿hace falta que me lo digáis? ¡Pensar! ¡Yo no pienso! Siempre estáis presente en mi espíritu. Hoy estuve sentado en el lugar donde bajasteis hace poco del carruaje». Ella empezó a hablar de otra cosa para no dejarme entrar más a fondo en mis ideas. ¡Querido amigo, estoy acabado! Puede hacer conmigo lo que quiera.

15 de noviembre

Te agradezco, Wilhelm, tu sincero interés y tu bienintencionado consejo, y te ruego que estés tranquilo. Déjame soportar este trago, que pese a todo mi cansancio aún tengo fuerzas suficientes para salir de ésta. Venero la religión, tú lo sabes; siento que es báculo para los desfallecidos, alivio para los que mueren de sed. Pero…, ¿puede…, debe serlo para todo el mundo? Si te fijas en el ancho mundo encontrarás a miles para los que no ha sido así, miles para los que no será así, hayan sido evangelizados o no, y ¿tiene que ser así para mí? ¿No dice el mismo Hijo de Dios que el Padre decidirá quiénes estarán junto a Él? ¿Y si yo no formo parte de los elegidos? ¿Y si ahora el Padre quiere reservarme para sí, como me dicta mi corazón? Te ruego que no me malinterpretes ni veas burla alguna en estas inocentes palabras: te estoy abriendo mi corazón. De no ser así preferiría callar: no me gusta perder el tiempo hablando de algo de lo que sé tan poco como cualquier otro. ¿Es que el destino del hombre es algo más que soportar la cantidad de sufrimiento que le ha sido asignada, apurar su cáliz? Y si el cáliz le resultó demasiado amargo al Dios de los cielos en sus labios humanos, ¿por qué tendría yo que fanfarronear aparentando que a mí me sabe dulce? Y ¿por qué debería avergonzarme en el horrible instante en el que todo mi espíritu se estremece entre el ser y el no ser, en el que el pasado brilla como un rayo sobre el oscuro abismo del futuro, y todo a mi alrededor se hunde y el mundo perece conmigo? ¿No está ahí la voz de la criatura concentrada en su sufrimiento, desamparada, abatida, aullando desde lo más profundo de su ser con las fuerzas que ha sido capaz de reunir en vano: «¡Dios mío, Dios mío!? ¿Por qué me has abandonado?». ¿Y debería yo avergonzarme por emplear esta expresión si siento miedo, cuando aquel que puede arquear los cielos según su voluntad no pudo evitar pronunciarla?

21 de noviembre

Ella no ve, no nota que está preparando un veneno que nos aniquilará a ella y a mí, y yo apuro lleno de deseo la copa que me ofrece para mi perdición. ¿Qué significa la mirada bondadosa con la que me contempla a menudo? ¿A menudo? No, no a menudo, pero sí a veces, ¿la complacencia con la que acepta las expresiones inconscientes de mis sentimientos, la compasión con la que me tolera y que veo dibujada en su frente?

Ayer, cuando me fui, ella me dio la mano y me dijo: «¡Adiós, querido Werther!». ¡Querido Werther! Era la primera vez que me llamaba «querido» y me atravesó hasta la médula. Me lo he repetido cientos de veces, y ayer por la noche, cuando estaba a punto de irme a la cama hablando conmigo mismo de tonterías, dije de repente: «¡Buenas noches, querido Werther!», y no pude evitar reírme de mí mismo.

22 de noviembre

No puedo pedirle a Dios que me la conceda, y sin embargo, a menudo tengo la impresión de que es mía. No puedo pedirle a Dios que me la dé, porque es de otro. Me burlo de mis propios dolores; si dejara de hacerlo seguiría esta letanía de antítesis.

24 de noviembre

Ella percibe lo que estoy soportando. Hoy su mirada me ha atravesado hasta lo más profundo del corazón. La encontré sola; no dijo nada y me observó. Y yo ya no vi en ella la encantadora hermosura, el brillo de su extraordinario espíritu; todo eso había desaparecido de delante de mis ojos. Una mirada mucho más excelsa, expresión de la más profunda simpatía, de la más dulce compasión, recayó sobre mí. ¿Por qué no pude arrojarme a sus pies? ¿Por qué no pude responderle llenando su cuello de miles de besos? Buscó cobijo en el piano y exhaló con una voz dulce y queda armoniosos sonidos que acompañaban a la pieza que tocaba. Sus labios nunca me habían parecido más cautivadores; era como si se abrieran sedientos, absorbieran aquellas suaves notas que brotaban del instrumento y retornara un eco íntimo de su pura boca. ¡Así fue, si es que esto puede transmitir lo que sentí! No pude resistirlo más, me incliné y juré que nunca me atrevería a posar un beso en aquellos labios sobre los que flotaban los espíritus del cielo. Y sin embargo…, sí quiero… ¡Ja! ¿Ves? Esto es lo que tengo en mi alma como un muro… Esta ventura… Y después hundirme para expiar este pecado… ¿Pecado?

26 de noviembre

A veces me digo: «Tu destino es único; considera afortunados a los demás, porque nadie ha sufrido tal tortura». Entonces leo a algún poeta de la antigüedad y es como si viera mi propio corazón. ¡Aún tengo tanto que sufrir! Ay, ¿las personas que me han precedido ya fueron tan desdichadas?

30 de noviembre

¡No podré, no podré recuperar la calma! Allá donde voy siempre me encuentro con alguna aparición que me hace perder los nervios. ¡Hoy! ¡Oh, destino! ¡Oh, humanidad!

A mediodía me acerqué al río; no tenía ganas de comer. Todo estaba desierto, un viento crepuscular frío y húmedo soplaba desde las montañas y grises nubes de lluvia se adentraban en el valle. A lo lejos vi a un hombre con un abrigo verde y raído que gateaba por entre las piedras y parecía estar buscando hierbas aromáticas. Cuando me acerqué a él, se volvió al percibir el ruido que hacía y descubrí una interesante fisonomía marcada por una tristeza serena, pero que por lo demás manifestaba una inteligencia recta y notable; sus negros cabellos formaban dos rodetes sujetos con agujas y el resto estaba recogido en una trenza gruesa que le colgaba por la espalda. Inferí por su vestimenta que se trataba de una persona de baja clase social, por lo que supuse que no se tomaría a mal que me interesara por su ocupación, así que le pregunté qué estaba buscando. «Estoy buscando —respondió con un profundo suspiro— flores… y no encuentro ninguna». «Es que tampoco es la temporada», dije sonriendo. «Hay muchas flores», dijo descendiendo hacia mí. «En mi jardín hay rosas y dos tipos de madreselvas, una me la dio mi padre y crece como la mala hierba. Llevo dos días buscándolas y no las encuentro. Aquí fuera siempre hay flores, amarillas, azules y rojas, y la centaurea menor tiene una florecilla hermosa. No puedo encontrar ninguna». Me temí algo sospechoso y por eso continué mis preguntas dando un rodeo: «¿Y qué queréis hacer con las flores?». Una sonrisa temblorosa y extraña cruzó su rostro. «No se lo contéis a nadie —dijo llevándose el índice a los labios—, le he prometido un ramo a mi amada». «Eso está bien», dije. «Oh —respondió—, ella tiene muchas otras cosas, es rica». «Y sin embargo le gustan sus ramos», lo atajé. «Oh —continuó—, tiene joyas y una corona». «¿Y cómo se llama?». «¡Si los Estados Generales quisieran pagar —prosiguió sin responderme—, yo sería un hombre distinto! ¡Sí, hubo una época en la que me sentía bien! Ahora estoy acabado. Sólo soy…». Una mirada al cielo turbada por las lágrimas lo expresaba todo. «¿Así que fuisteis feliz?», pregunté. «¡Ay, desearía que volviera a ser así! ¡Entonces me sentía tan bien, tan alegre, tan ligero como un pez en el agua!». «¡Heinrich! —exclamó una anciana que venía hacia nosotros por el camino—, Heinrich, ¿dónde te habías metido? Te hemos buscado por todas partes. ¡Ven a comer!». «¿Es vuestro hijo?», pregunté acercándome a ella. «Desde luego, ¡mi pobre hijo! —respondió—. Dios me ha impuesto una pesada cruz». «¿Desde hace cuánto está así?», inquirí. «Así de tranquilo —respondió— lleva sólo medio año. Gracias a Dios se ha parado aquí, antes estuvo un año entero fuera de sí, tanto que lo tenían encadenado en el manicomio. Ahora no lo hace nada a nadie, sólo tiene tratos con reyes y emperadores. Era una persona buena y tranquila que me ayudaba con mi manutención, escribía con hermosa letra y de repente se volvió meditabundo, sufrió unas fiebres intensas, después se volvió loco y ahora está como podéis verlo. A decir verdad, señor…». Interrumpí el torrente de sus palabras con la pregunta: «¿A qué época se refiere cuando se jacta de haber sido tan feliz y de haberse sentido tan bien allí?». «¡Pobre loco! —exclamó con una sonrisa compasiva—, se refiere a la época en la que estuvo completamente fuera de sí, siempre se vanagloria de ello; es la época que pasó en el manicomio, donde no sabía nada de su estado». Me sentí como si me hubiera alcanzado un rayo, le puse una moneda en la mano y los abandoné a toda prisa.

«¡Cuando eras feliz! —exclamé mientras caminaba a toda prisa hacia la ciudad—, ¡cuando te sentías como un pez en el agua!». Dios de los cielos, ¿es que el destino del ser humano es tal que sólo puede ser feliz antes de tener uso de razón y cuando la vuelve a perder? ¡Desdichado! Y sin embargo, ¡cómo envidio tu tristeza, la confusión de los sentidos en la que te consumes! Acudes lleno de esperanzas a recoger flores para tu reina en invierno y te entristeces porque no encuentras ninguna, y no entiendes por qué no puedes encontrarlas. Y yo…, y yo salgo sin esperanza, sin destino, y regreso de nuevo a casa tal como salí. Tú deliras pensando en qué clase de persona serías si los Estados Generales te pagaran. ¡Afortunada criatura, que puede achacar su falta de felicidad a un obstáculo terrenal! ¡Tú no sientes! No sientes que en tu corazón destrozado, en tu cerebro perturbado, yace la razón de tu miseria, contra la cual no podrían ayudarte ni todos los reyes de la tierra.

¡Debería sufrir triste muerte aquel que se burla de quien viaja buscando las fuentes más lejanas, que sólo servirán para agravar su enfermedad y hacerle más doloroso lo que le queda de vida! Aquel que se considera superior al corazón oprimido, que para librarse de sus remordimientos y desterrar los sufrimientos de su alma, realiza una peregrinación hasta el Santo Sepulcro. Cada paso que dibujan sus suelas en caminos no hoyados es una gota balsámica en su alma asustada, y con cada día de viaje soportado, su corazón suelta con mayor facilidad el lastre de sus preocupaciones. ¿Y vosotros, mercachifles de las palabras, osáis llamar a esto locura desde la comodidad de vuestras poltronas? ¡Locura! ¡Oh, Dios! ¡Tú puedes ver mis lágrimas! ¡Tuviste Tú, Tú que creaste al ser humano suficientemente pobre, tuviste también que darle hermanos que le robasen aún la poca fe que tiene en Ti, en Ti, Todopoderoso! Porque la fe en una raíz curativa, en las lágrimas de la cepa, ¿qué otra cosa es que fe en Ti, en que has dotado a todo lo que nos rodea de la fuerza para curar y aliviar que nosotros necesitamos cada hora? ¡Padre a quien no conozco! ¡Padre, que antes llenaba toda mi alma y ahora me ha dado la espalda! ¡Llámame a tu lado! ¡No calles por más tiempo! Tu silencio no detendrá esta alma sedienta. Podría un hombre, un padre, conservar su enojo si su hijo regresa inesperadamente y lo abraza y exclama: «¡Aquí estoy de nuevo, padre! No te enfades porque haya interrumpido la peregrinación a pesar de que tu voluntad era que continuara. El mundo es igual en todas partes, está formado de esfuerzo y trabajo, salario y alegría; pero esto, ¿qué tiene que ver conmigo? Sólo me siento bien donde tú estás y quiero sufrir y disfrutar en tu presencia». Y tú, querido Padre celestial, ¿lo apartarías de tu lado?

1 de diciembre

Wilhelm, la persona acerca de la cual te escribí, el feliz desdichado, era escribano del padre de Lotte y la pasión por ella, que él alimentó, ocultó, descubrió y fue motivo de su despido, es lo que le hizo perder la razón. Siente en estas secas palabras el trastorno me produjo esta historia que Albert me contó con la tranquilidad con la que tú quizá la lees.

4 de diciembre

Te lo ruego. ¿Ves? ¡Estoy acabado, no lo soporto más! Hoy estaba sentado a su lado... yo estaba sentado y ella tocaba al piano diversas melodías y ¡con una expresión! ¡Toda! ¡Toda! ¿Y qué podía hacer? Su hermana pequeña acicalaba a su muñeca sobre mi rodilla. Los ojos se me llenaron de lágrimas. Me incliné y me topé con su anillo de boda... Mis lágrimas fluyeron. Y de repente comenzó aquella antigua melodía de celestial dulzura, de repente, y una sensación de consuelo recorrió mi alma, y un recuerdo del pasado, de los tiempos en los que oía la canción, los oscuros espacios intermedios de disgusto, las esperanzas decepcionadas, y entonces... Caminé de un lado a otro de la estancia, mi corazón se ahogaba de necesidad. «¡Por el amor de Dios! —dije en un ataque de vehemencia dirigido a ella—, ¡por el amor de Dios, parad!». Ella se detuvo y me miró fijamente. «Werther —me dijo sonriendo—, estáis muy enfermo, no soportáis vuestros platos preferidos. ¡Marchaos! Os ruego que os tranquilicéis». Me aparté de ella y… ¡Dios, tú conoces mi desgracia y acabarás con ella!

6 de diciembre

¡Cómo me persigue su figura! ¡Toda mi alma la siente tanto durante la vigilia como en el sueño! Aquí, cuando cierro los ojos, en mi frente, donde se concentra la capacidad interna de ver, aparecen sus ojos negros. ¡Aquí! No puedo expresarlo. Si cierro los ojos están ahí; como un mar, como un abismo, descansan ante mí, en mí, colmando los sentidos de mi frente.

¿Qué es el hombre, ese semidiós al que tanto se ensalza? ¿Acaso no le flaquean las fuerzas precisamente cuando más las necesita? Y cuando la alegría lo eleva o el sufrimiento lo hunde, ¿no lo sujetan entonces para devolverlo a su estado frío e inane precisamente en el momento en el que ansía perderse en la plenitud de lo infinito?

Del editor al lector

¡Cómo desearía que nos quedasen más restos manuscritos de los últimos y extraños días de nuestro amigo para no haberme visto obligado a interrumpir con mi narración la serie de cartas que nos legó!

Me he dedicado a recopilar noticias exactas de las bocas de aquellos que pudieran estar bien informados de su historia. Esta historia es sencilla y todas las narraciones coinciden excepto en algunos pequeños detalles: sólo difieren las opiniones de las personas participantes, ya que sus caracteres y sus juicios son distintos.

Lo que nos queda por hacer es repetir escrupulosamente aquello que hemos podido averiguar con denodado esfuerzo, intercalar la selección de las cartas dejadas por el finado y no despreciar la más pequeña de las notas encontradas, especialmente teniendo en cuenta lo difícil que resulta seguir el auténtico hilo cuando está repartida entre distintas personas, aunque la acción sea una sola.

La melancolía y el hastío habían echado raíces cada vez más profundas en el alma de Werther, entrelazándose entre sí para cobrar mayor resistencia y apoderándose poco a poco de todo su ser. La armonía de su espíritu estaba por completo destrozada, el calor y la vehemencia interior, que turbaban todas las fuerzas de su naturaleza, mostraban los efectos más adversos y acabaron sumiéndolo en un estado de desfallecimiento que sólo abandonaba para sentir mayor miedo aún, como si acabara de combatir con todos los males. El temor de su corazón consumió las restantes fuerzas de su espíritu, su vivacidad, su agudeza; se había convertido en un acompañante triste, cada vez más infeliz, y cuanto más infeliz era, más injusto era su comportamiento. Al menos esto es lo que dicen los amigos de Albert; mantienen que Werther no era capaz de apreciar el comportamiento de una persona tranquila que, tras alcanzar una fortuna deseada durante largo tiempo, desea conservar esta fortuna también para el futuro, ya que él era alguien que malgastaba cada día toda su fortuna para sufrir y estar en la miseria por la noche. Sostienen que Albert no había cambiado en tan poco tiempo, que aún era el mismo que Werther había conocido al principio y que tanto valoraba y apreciaba. Amaba a Lotte por encima de todas las cosas, estaba orgulloso de ella y también deseaba que todos la reconocieran como la criatura más maravillosa de la creación. Entonces, ¿puede tomársele a mal que deseara eliminar cualquier viso de sospecha, que en algunos momentos no deseara compartir tan valiosa posesión con nadie, aunque fuera de la forma más inocente? Admiten que Albert abandonaba a menudo la habitación de su esposa cuando Werther estaba con ella, pero no por odio o repulsión hacia su amigo, sino sólo porque tenía la impresión de que su presencia lo angustiaba.

El padre de Lotte se sintió aquejado por un mal que lo retenía en su dormitorio, por lo que envió su carruaje a buscar a su hija y ella partió. Era un hermoso día de invierno, habían caído con fuerza las primeras nieves y toda la región estaba cubierta de blanco.

Werther la siguió a la mañana siguiente para acompañarla en caso de que Albert no fuera a recogerla.

Lo benigno del tiempo apenas tuvo efecto sobre su ánimo sombrío, en su alma sentía una presión sofocante, las imágenes más tristes habitaban en su interior y su ánimo no conocía emoción que no fuera el pasar de un pensamiento doloroso al siguiente.

Como vivía en eterna insatisfacción consigo mismo, el estado de los demás le resultaba aún más preocupante y confuso. Creía haber perturbado la hermosa armonía entre Albert y su esposa y en los reproches que se hacía al respecto se mezclaba una secreta animadversión contra el marido.

Durante el camino sus pensamientos también recalaron en este asunto. «Sí, sí —se decía a sí mismo apretando los dientes—, ¡eso es el trato familiar, amigable, tierno, el gran interés, la fidelidad tranquila y duradera! ¡Es hartazgo e indiferencia! ¿Es que cualquier negocio no le atrae más que su valiosísima y deliciosa mujer? ¿Valora su suerte? ¿Sabe cuidarla como ella merece? Es suya, vale, es suya… Lo sé, como también sé otras cosas; creía haberme acostumbrado a la idea, pero me seguirá poniendo furioso, terminará asesinándome… ¿Y perdura su amistad por mí? ¿Es que no ve en mi dependencia de Lotte un ataque a sus derechos? ¿No encuentra en mis atenciones con ella un reproche tácito? Lo sé, puedo sentirlo, no le gusta verme, desea que me aleje, mi presencia le resulta fastidiosa».

Tan pronto mantenía un paso veloz, como se detenía en silencio y parecía querer darse la vuelta, pero siempre acababa continuando su camino hacia delante. Y con estos pensamientos y estas conversaciones consigo mismo, llegó al fin, aunque en cierto modo contra su voluntad, al pabellón de caza.

Traspasó la puerta, preguntó por el anciano y por Lotte; encontró la casa sumida en cierta agitación. El chico mayor le dijo que había sucedido una desgracia en Wahlheim, que habían asesinado a un campesino, noticia que no impresionó a Werther lo más mínimo. Entró en la sala y encontró a Lotte ocupada en persuadir al anciano, quien pese a su enfermedad quería dirigirse allí para investigar el caso en el lugar mismo de los hechos. Aún se desconocía al autor, habían encontrado el cadáver por la mañana ante la puerta; tenían la presunción de que el finado era mozo de una viuda que antes había tenido a otro a su servicio al que había echado de la casa por haberle causado algún disgusto.

Cuando Werther oyó esto actuó con energía. «¿Será posible? —exclamó—, debo ir allí, no puedo detenerme ni un instante». Se apresuró a Wahlheim, cada recuerdo cobraba vida y no dudó ni por un momento que el autor del delito era aquel con quien había hablado alguna vez y a quien había acabado tomando tanto cariño.

Para llegar a la taberna donde habían depositado el cuerpo debía pasar por entre los tilos y el paso por ese lugar que hasta entonces tanto había amado le produjo una enorme tristeza. Aquel umbral sobre el que habían jugado a menudo los niños del vecindario estaba manchado de sangre. El amor y la fidelidad, los dos sentimientos humanos más hermosos, se habían convertido en violencia y asesinato. Los fuertes árboles se erguían desnudos y cubiertos de escarcha, los hermosos setos que se abovedaban por encima de los muros del cementerio habían perdido las hojas y los huecos que dejaban permitían ver las tumbas vestidas de nieve.

Mientras se acercaba a la taberna ante la cual se había congregado todo el pueblo, un grito rompió de repente el silencio. A lo lejos se veía un grupo de hombres armados y alguien exclamó que habían encontrado al asesino. Werther se fijó y ya no tuvo dudas. Sí, era el mozo que tanto amaba a aquella viuda y a quien había encontrado hacía algún tiempo con aquella rabia contenida, con una secreta desesperación rondándole.

«¡Qué has hecho, desdichado!», exclamó Werther dirigiéndose al preso. Éste lo miró tranquilo, guardó silencio y al final respondió impasible: «Nadie la tendrá, ella no tendrá a nadie». Llevaron al preso a la taberna y Werther se marchó a toda prisa.

Debido a la violenta y terrible conmoción, todo su ser fue presa de una gran agitación. Inmediatamente desaparecieron su tristeza, su mal humor, su indiferente resignación. La compasión cobró una fuerza irresistible en su interior y un indescriptible deseo de salvar a aquel hombre se apoderó de él. Lo veía como un ser desafortunado e inocente incluso en su condición de criminal, y había interiorizado su situación de tal manera que estaba seguro de poder convencer también a los demás. Deseaba hablar en su favor, el discurso más entusiasta pugnaba por salir de sus labios; se dirigió a toda prisa al pabellón de caza y por el camino no pudo evitar pronunciar en voz alta todo lo que imaginaba que le diría al corregidor.

Cuando entró en la estancia se encontró allí a Albert, lo que lo confundió durante un instante, aunque pronto se tranquilizó y le presentó su opinión al corregidor con el ardor de su convencimiento. Éste sacudió varias veces la cabeza, y a pesar de que Werther expuso con la mayor viveza, pasión y sinceridad todo lo que puede decirse para disculpar a una persona, no logró conmover lo más mínimo al corregidor, como era de esperar. Más aún: ni siquiera permitió a nuestro amigo que terminara su alegato, rebatió sus argumentos con empeño y le reprobó que protegiera a un asesino. Le mostró que su postura llevaría a la abolición de todas las leyes y la seguridad del estado se iría a pique, añadiendo además que en un caso como aquél tampoco podía hacer nada sin echarse sobre sí la mayor de las responsabilidades, y que debía procederse de manera ordenada, siguiendo el procedimiento prescrito.

Werther no se rindió aún y le pidió al corregidor que se limitara a mirar hacia otro lado si intentaban ayudar a escapar a aquel hombre. El corregidor también rechazó esta propuesta. Albert participó al fin en la conversación defendiendo también la postura del anciano: Werther quedó en minoría y se retiró con gran pesar después de que el corregidor le dijera varias veces: «¡No, ya no hay salvación para él!».

El efecto que estas palabras debieron causarle es algo que podemos constatar en la nota que se encontró entre sus papeles, y que seguramente escribió aquel mismo día:

¡Ya no hay salvación para ti, desdichado! Ya veo que no hay salvación para nosotros.

A Werther le desagradaron en extremo las palabras de Albert con respecto al caso del preso en presencia del corregidor: creía haber percibido en ellas cierta susceptibilidad en su contra. A pesar de que su inteligencia, tras cierta reflexión, consideraba que aquellos dos hombres podían tener razón, tenía la sensación de que coincidir con ellos y ceder era como renegar de algo que formaba parte de la esencia misma de su ser.

Entre sus papeles encontramos una nota relacionada con esto y que quizá describa el conjunto de su relación con Albert:

¿Qué más da que me repita a mí mismo una y otra vez que es una persona buena y amable, cuando me destroza por dentro? No puedo ser justo.

Como era una tarde agradable y el tiempo indicaba el comienzo del deshielo, Lotte y Albert decidieron regresar a pie. Por el camino ella miró a su alrededor en varias ocasiones, como si echara de menos la compañía de Werther. Albert comenzó a hablar de él, lo reprendía aunque sin llegar a ser injusto con él. Lamentó su desdichada pasión y deseó que se alejara de ellos. «También lo deseo por nosotros», dijo. «Y te ruego —continuó— que consideres darle otro rumbo a su comportamiento contigo, reduciendo la frecuencia de sus visitas. Está llamando la atención de la gente y sé que ya han hablado al respecto en algunos círculos». Lotte permaneció callada y Albert pareció comprender el significado de su silencio; al menos a partir de entonces ya no mencionó a Werther y cuando ella hablaba de él, abandonaba la conversación o cambiaba de tema.

La infructuosa visita que Werther había hecho para salvar a aquel infeliz fue el último resplandor de una luz que se extinguía. Se hundió aún más en el dolor y la inacción y se ponía fuera de sí especialmente cuando oía que le podrían llamar como testigo en contra del hombre que ahora negaba los hechos.

Todo lo desagradable que alguna vez le había acontecido durante su vida activa, la irritación en la embajada, todos los intentos frustrados, cualquier molestia vagaba ahora por su espíritu. Sentía que su inactividad estaba justificada, que no había salida. Incapaz de encontrar algún motivo por el que enfrentarse a las tareas de la vida cotidiana, al final, entregado a su singular sentimentalismo, a su particular forma de pensar y su infinita pasión, acabó adentrándose en la eterna monotonía de un trato lastimoso con la más adorable y amada criatura, cuya tranquilidad él mismo perturbaba, con unas fuerzas desbocadas que trataba de domeñar trabajando sin ningún objetivo ni perspectiva, acercándose cada vez más a su triste final.

Dejó algunas cartas que queremos incluir aquí y que representan el más claro testimonio de su confusión y su pasión, de su constante actividad y de sus esfuerzos, de su desgana por la vida.

12 de diciembre

Querido Wilhelm, estoy en el mismo estado en el que debían de estar aquellos infelices de los que se creía que estaban poseídos por algún espíritu maligno. A veces me domina; no es miedo ni ansia, sino una furia interna y desconocida que amenaza con desgarrar mi pecho, que me aplasta la garganta. ¡Ay de mí! ¡Ay de mí! Y después vago por las terribles escenas nocturnas de esta época tan hostil al ser humano.

Ayer por la noche tuve que salir. El deshielo había comenzado de repente, había oído que el río se había desbordado, todos los arroyos rebosaban, y que a partir de Walheim mi querido valle se había inundado. Por la noche, después de las once salí corriendo. Fue un espectáculo terrible el que contemplé mientras los torrentes se retorcían cayendo desde las rocas a la luz de la luna, por encima de cultivos y llanuras y setos y todo, y ver que a lo ancho del valle se extendía un tormentoso mar bajo el silbido del viento. Y cuando volvió a salir la luna y descansó sobre la negra nube y la corriente se enroscaba y resonaba entre reflejos terribles y maravillosos. Entonces me sobrecogió un escalofrío y luego un deseo ardiente. ¡Ay, con los brazos abiertos permanecía de pie ante el abismo y respiraba el viento que venía de abajo! ¡De abajo! ¡Y me perdía en el placer de precipitar allí mis tormentos, mis sufrimientos! ¡Allí, bramando como las olas! ¡Ay! ¡Y no puedes levantar el pie del suelo y terminar con todos los suplicios! ¡Mi tiempo aún no se ha terminado, puedo sentirlo! ¡Oh, Wilhelm! ¡Cómo me hubiera gustado entregar mi existencia para poder desgarrar las nubes con aquella tempestad, para poder tocar las olas! ¡Ay! ¿Y acaso no puede concedérsele este placer al encarcelado, aunque sea una sola vez?

Y con cuánta melancolía bajé la vista sobre un lugar en el que había descansado con Lotte bajo un sauce tras un caluroso paseo... ¡También estaba sumergido bajo las aguas, y apenas reconocí el sauce, Wilhelm! ¡Y su pradera, pensé, el campo que rodea su pabellón de caza! Pensé en que nuestro cenador habría quedado asolado tras la violenta tormenta. Y el rayo de sol del pasado se adentró en mí y tuvo el mismo efecto que un sueño de rebaños, praderas y honores para un preso. ¡Estaba de pie! No me reprocho nada, ya que tengo valor para morir... Habría... Ahora estoy aquí sentado como una anciana que recoge la madera de los cercados y pide pan de puerta en puerta para prologar y suavizar su existencia moribunda y carente de toda alegría.

14 de diciembre

¿Qué es esto, querido amigo? ¡Me asusto de mí mismo! ¿Es que mi amor por ella no es el amor más sagrado, más puro, más fraternal? ¿Es que alguna vez he sentido en mi alma un deseo censurable? No podría garantizarlo... Y ahora, ¡estos sueños! ¡Cuánta razón tenían los hombres que les atribuían efectos contradictorios a estos extraños poderes! ¡Anoche, tiemblo al decirlo, la tuve entre mis brazos, apretada contra mi pecho, y cubrí con infinitos besos sus labios que musitaban amor! ¡Mis ojos nadaban en la embriaguez de los suyos! ¡Dios! ¿Soy culpable por sentirme feliz aún en estos momentos al recordar con toda ternura esta ardiente alegría? ¡Lotte! ¡Lotte! ¡Estoy acabado! Mis sentidos están confusos, desde hace ya ocho días no puedo pensar, mis ojos están llenos de lágrimas. No me siento bien en ningún sitio y estoy bien en todos. No deseo nada, no exijo nada. Me sentiría mejor si me fuera.

Durante este tiempo y bajo estas circunstancias, la decisión de abandonar este mundo fue cobrando fuerza en el alma de Werther. Desde que regresó al lado de Lotte, ésta había sido siempre su última perspectiva y esperanza; sin embargo se había prometido a sí mismo que no sería un acto precipitado y brusco, quería dar este paso con el mayor convencimiento tras tomar una decisión lo más tranquila posible.

Sus dudas, su lucha consigo mismo, aparecen reflejadas en una nota que posiblemente fuera el comienzo de una carta a Wilhelm que se encontró sin fecha entre sus papeles.

«Su presencia, su destino, su interés por el mío destila aún las últimas lágrimas de mi consumido cerebro.

¡Levantar el telón y entrar! ¡Eso es todo! Y ¿por qué las vacilaciones y los titubeos? ¿Porque no se sabe qué hay más allá? ¿Porque no hay vuelta atrás? Al fin y al cabo es propio de nuestro espíritu el sospechar confusión y tinieblas allí donde no sabemos nada concreto».

La idea se fue volviendo en definitiva cada vez más familiar y atractiva y su propósito cada vez más fijo e irrevocable, como testifica el ambiguo mensaje de la siguiente carta destinada a su amigo.

20 de diciembre

Te agradezco tu afecto, Wilhelm, y que te lo hayas tomado así. Sí, tienes razón: me sentiría mejor si me fuera. La propuesta que me haces de regresar junto a vosotros no me convence del todo; me gustaría dar al menos un rodeo, especialmente ahora que esperamos tener heladas permanentes y buenos caminos. También me agrada el que desees venir a buscarme; retrásalo simplemente catorce días y espera una carta mía con el resto de los detalles. No se debe coger ningún fruto antes de que esté maduro. Y catorce días más o menos significan mucho. A mi madre tienes que decirle que rece por su hijo y que le pido perdón por todos los disgustos que le he causado. Era mi destino entristecer a aquella a la que debía alegrar. ¡Hasta siempre, queridísimo amigo! ¡Que todas las bendiciones del cielo recaigan sobre ti! ¡Hasta siempre!

No nos atrevemos a expresar con palabras lo que acontecía en el alma de Lotte en este tiempo, cuáles eran sus sentimientos hacia su marido o hacia su desafortunado amigo. Sin embargo, conociendo su carácter, sí que podemos hacernos una idea que nos abstenemos de manifestar, aunque cualquier hermosa alma femenina sí que podrá adentrarse en la suya y sentir lo mismo que ella.

Una cosa es segura: estaba firmemente decidida a hacer todo lo posible para alejar a Werther; y si vacilaba, lo hacía por un deseo de corazón de proteger a su amigo, porque sabía cuánto le costaría, sabía que casi le resultaría imposible. No obstante, en esta etapa estaba obligada a tomar una decisión tajante. Su marido seguía guardando silencio respecto a esta relación, como también había hecho ella, y por eso le parecía aún más importante demostrarle con hechos que sus sentimientos eran merecedores de los de su esposo.

El mismo día en el que Werther le escribió a su amigo la última carta que hemos incluido —era el domingo anterior al día de Navidad—, fue por la noche a ver a Lotte y se la encontró sola. Estaba ocupada poniendo en orden algunos juguetes que les había preparado a sus hermanos pequeños como regalo de Navidad. Él habló de la alegría que les causaría a los pequeños y de la época en la que la apertura inesperada de la puerta y la aparición de un árbol decorado con velas, dulces y manzanas despertaban en él una fascinación paradisíaca. «También vos —dijo Lotte ocultando su turbación con una dulce sonrisa—, también recibiréis regalos si habéis sido bueno; una velita y algo más». «¿Y qué entendéis por portarse bien? —exclamó él—, ¿cómo debo ser? ¿Cómo puedo ser, querida Lotte?». «El jueves por la noche —dijo ella—, es Navidad y vendrán los niños y también mi padre. Entonces cada uno recibirá lo suyo; venid también vos, pero no antes». Werther se quedó perplejo. «Os lo ruego —prosiguió ella—, será sólo una vez, os lo ruego por mi tranquilidad, no puede, no puede seguir así».

Él desvió la mirada y paseó arriba y abajo por la estancia murmurando entre dientes: «¡no puede seguir así!». Lotte, que percibía el horrible estado en el que estas palabras lo habían sumido, intentaba distraer sus pensamientos con toda clase de preguntas, pero fue en vano. «No, Lotte —exclamó—, ¡no volveré a veros!». «¿Pero por qué? —repuso—; Werther, podemos, debemos volver a vernos; simplemente debéis moderaros. Ay, ¿por qué tuvisteis que nacer con esta vehemencia, esta incontrolable y obsesiva pasión por todo aquello con lo que entráis en contacto? Os lo ruego —continuó cogiéndole la mano—, moderaos. Vuestro espíritu, vuestra ciencia, vuestro talento, ¿cuántos y variados placeres os presentan? ¡Sed un hombre! Renunciad a esta triste dependencia por una criatura que no puede hacer otra cosa que compadeceros». Werther apretó los dientes y le dedicó una mirada sombría. Ella sostuvo su mano. «¡Tranquilizaos sólo un instante, Werther! —dijo—, ¿no veis que os estáis engañando, que os estáis hundiendo voluntariamente? ¿Y por qué yo, Werther? ¿Precisamente yo, que pertenezco a otro? ¿Es precisamente por eso? Me temo… me temo que es sólo la imposibilidad de poseerme la que hace que este deseo os resulte tan seductor».

Él retiró su mano de la suya, dedicándole una mirada fija e indignada. «¡Inteligente! —exclamó—. ¡Muy inteligente! ¿Ha hecho quizá Albert este comentario? ¡Diplomático! ¡Muy diplomático!». «Cualquiera puede hacerlo», replicó ella. «¿Y es que en todo el mundo no puede haber ninguna joven que responda a los deseos de vuestro corazón? Superadlo, buscadla y os prometo que la encontraréis, porque ya hace tiempo que me asusta, tanto por vos como por nosotros, el aislamiento en el que os habéis encerrado vos mismo. ¡Superadlo! ¡Un viaje os distraerá, tiene que hacerlo! Buscad, encontrad un objeto digno de vuestro amor y regresad y permitidnos disfrutar juntos de la felicidad de una auténtica amistad».

«Se podría —dijo con una fría risa— imprimir eso y recomendárselo a todos los preceptores. Querida Lotte, simplemente dejadme un poco de tranquilidad, todo saldrá bien». «Tan sólo, Werther, evitad venir antes de la noche de Navidad». Él quiso responder y Albert entró en la sala. Se dispensaron unas gélidas «buenas noches» y pasearon incómodos por la habitación uno junto al otro. Werther comenzó un discurso banal que se agotó enseguida, Albert hizo lo mismo y después le preguntó a su esposa por ciertos encargos, y cuando oyó que aún no estaban arreglados le dedicó algunas palabras que a Werther le parecieron frías, incluso duras. Quería irse, pero no podía y titubeó hasta las ocho, por lo que su mal humor y su indignación aumentaron hasta que pusieron la mesa y él cogió su sombrero y su bastón. Albert lo invitó a quedarse, pero él, creyendo que se trataba de una cortesía vana, se lo agradeció fríamente y se marchó.

Llegó a casa, le quitó la lámpara de la mano a su sirviente, que quería alumbrarle el camino, y se fue solo a su habitación. Lloró con grandes sollozos, hablaba entrecortadamente consigo mismo, caminaba por el cuarto dando sonoras pisadas y al final se arrojó vestido sobre la cama, donde lo encontró el sirviente que se atrevió a entrar cerca de las once para preguntarle si debía quitarle las botas al señor, lo que éste permitió, prohibiéndole al servicio entrar en la habitación a la mañana siguiente hasta que él los llamara.

El lunes por la mañana, veintiuno de diciembre, escribió a Lotte la siguiente carta, que se encontró lacrada sobre su escritorio, tras su muerte, y fue llevada a su destinataria. Dicha carta es la que presento aquí por párrafos tal como él la escribió, añadiendo el contexto para mayor claridad.

Está decidido, Lotte, quiero morir, y te lo comunico sin rastro de exaltación romántica, tranquilo, en la mañana del día en el que te veré por última vez. Cuando leas esto, amada mía, la fría losa ya cubrirá los restos rígidos del desazonado, del infeliz que en los últimos instantes de su vida no conoce dulzura mayor que dirigirse a ti. He pasado una noche horrible y ¡ay!, una noche beatífica, pues es la que ha determinado, la que ha refrendado mi decisión: ¡quiero morir! Cuando me alejé de ti ayer, en la más terrible sublevación de mis sentidos, ¡cómo se acumulaba todo en mi corazón y cómo mi existencia sin esperanza ni alegría a tu lado me sumía en un frío espantoso! Apenas alcancé mi habitación, me arrodillé fuera de mí y ¡oh Dios, tú me concediste el último alivio para las lágrimas más amargas! Mil ideas, mil proyectos bullían en mi alma y al final apareció inequívoco, perfecto, el último y único pensamiento: ¡quiero morir! Me acosté y por la mañana, con la tranquilidad del despertar, aún permanece invariable, aún sigue con toda su fuerza en mi corazón: ¡quiero morir! No es desesperación, sino la certeza de que tengo que tomar una decisión y de que he de sacrificarme por ti. Sí, Lotte, ¿por qué callarlo? ¡Uno de nosotros tres debe morir y quiero ser yo! ¡Oh, amada mía! ¡En este corazón desgarrado a menudo se ha deslizado la furiosa idea de asesinar a tu marido! ¡A ti! ¡A mí! ¡Pues que así sea! Cuando desciendas por la montaña durante alguna hermosa tarde de verano, recuerda cómo a menudo bajaba al valle y busca después con la mirada mi tumba en el cementerio, mira cómo el viento mece la alta hierba bajo el brillo del sol crepuscular… Estaba tranquilo cuando comencé; ahora, ahora lloro como un niño al ver que todo se vuelve tan real a mi alrededor…

Cerca de las diez, Werther llamó a su sirviente, y mientras lo vestía le dijo que estaría de viaje algunos días, por lo que debía cepillar los trajes y prepararlo todo para hacer las maletas; también le encargó poner en orden sus cuentas, recoger algunos libros prestados y procurarles su limosna para los próximos dos meses a algunos pobres a los que acostumbraba a dar algo.

Mandó que le llevaran la comida a la habitación y tras el almuerzo salió a caballo en busca del corregidor, a quien no encontró en su casa. Paseó meditabundo por el jardín y al final parecía querer acumular toda la tristeza del recuerdo sobre sí mismo.

Los pequeños no lo dejaron tranquilo un instante, lo seguían, se subían a él de un salto, le contaban que cuando llegara mañana, y pasara un día y otro más, recogerían los regalos de Navidad en la casa de Lotte, y le contaban las maravillas que su pequeña imaginación les prometía. «¡Mañana!», exclamó, «¡y un día! ¡Y otro más!», y los besó a todos cariñosamente y tenía la intención de abandonarlos cuando el pequeño quiso decirle algo más al oído. Le confesó que los hermanos mayores ya habían escrito felicitaciones para el Año Nuevo, y eran enormes y muy bonitas, y había una para papá, para Albert y Lotte y también había una para el señor Werther; se las entregarían el día de Año Nuevo por la mañana temprano. Esto acabó de vencerlo, le regaló algo a cada uno de ellos, montó en su caballo, dio recuerdos para los mayores y se marchó cabalgando de allí con lágrimas en los ojos.

Cerca de las cinco llegó a casa, le ordenó a la doncella que cuidara el fuego y lo alimentara hasta la noche. Le pidió a los sirvientes que metieran los libros y la ropa interior en la parte de abajo de las maletas y que protegieran los trajes. Probablemente después escribiera el siguiente párrafo de su última carta a Lotte.

¡No me esperas! Crees que obedeceré y que no te veré hasta la noche de Navidad. ¡Oh, Lotte! Hoy o nunca. La noche de Navidad tendrás este papel en la mano, temblarás y lo cubrirás de tus tiernas lágrimas. ¡Quiero! ¡He de hacerlo! Ay, qué bien me siento ahora que estoy decidido.

Mientras tanto, Lotte había entrado en un extraño estado. Tras la última conversación con Werther había sentido lo difícil que le resultaría separarse de él y lo que él sufriría cuando tuviera que alejarse de ella.

Había mencionado de pasada en presencia de Albert que Werther no volvería antes de la noche de Navidad y Albert había ido a caballo a visitar a un funcionario de la vecindad con el que tenía negocios pendientes y en cuya casa pasaría la noche.

Ella estaba sentada en soledad, ninguno de sus hermanos se encontraba a su alrededor, y se dejó llevar por los pensamientos sobre sus relaciones. Ahora se veía unida para siempre a un hombre cuyo amor y fidelidad conocía, por quien sentía un afecto sincero, cuya tranquilidad y honradez parecía provenir directamente del mismo cielo y que podía servir a una mujer honesta para alcanzar una vida feliz; era consciente de lo que siempre significaría para ella y sus niños. Por otro lado le había cogido un enorme cariño a Werther. Desde el mismo instante en el que se conocieron habían manifestado una coincidencia de ánimo absoluta y algunas de las situaciones vividas habían dejado una huella indeleble en su corazón. Estaba acostumbrada a compartir con él todo lo que sentía y todo lo que consideraba interesante, y su alejamiento amenazaba con desgarrar un vacío en todo su ser que nada podría volver a llenar. ¡Ay, si hubiera podido transformarlo en aquel momento en su hermano! ¡Qué feliz hubiera sido! ¡Si hubiera conseguido casarlo con alguna amiga podría incluso tener fundadas esperanzas en restañar su relación con Albert!

Había repasado la lista de sus amigas y en todas había descubierto algún reparo, sin encontrar ninguna que lo mereciese.

A través de estas reflexiones sintió por primera vez y con auténtica profundidad, aunque no de forma clara, que albergaba el secreto deseo de conservarlo para sí, a pesar de que se decía que no podía conservarlo, que no le era lícito hacerlo. Su ánimo puro, hermoso, siempre etéreo y capaz de aligerarse con facilidad, sintió la presión de una melancolía ante la cual la perspectiva de ser feliz parecía ser ajena. Su corazón se sentía oprimido y una nube sombría enturbiaba sus ojos.

Eran las seis y media cuando oyó subir a Werther por las escaleras, reconociendo de inmediato su forma de andar y su voz, que preguntaba por ella. ¡Cómo le latía el corazón a su llegada! Casi podríamos decir que reaccionaba así por vez primera. Gustosa hubiese mandado decir que no estaba en casa y cuando entró, le dijo con una especie de confusión apasionada: «No habéis mantenido vuestra palabra». «No había prometido nada», fue su respuesta. «Al menos deberíais haber accedido a mi petición —contestó—, os lo pedí por la tranquilidad de ambos».

Ella no sabía realmente qué decía ni qué hacía cuando mandó buscar a algunas amigas para no estar a solas con Werther. Él dejó algunos libros que había traído y preguntó por otros y mientras Lotte tan pronto deseaba que llegaran sus amigas, como que no lo hicieran. La doncella regresó con la noticia de que ambas pedían disculpas por su ausencia.

Quiso que la doncella continuara su trabajo en la habitación contigua; después volvió a cambiar de opinión. Werther paseaba por la habitación, ella se acercó al piano y comenzó un minué que no quiso salir. Hizo acopio de valor y se sentó con indiferencia junto a Werther, que había ocupado su lugar habitual sobre el canapé.

«¿No tenéis nada para leer?», dijo Lotte. Él no tenía nada. «Allí, en mi cajón —comenzó—, está vuestra traducción de algunos cantos de Ossian; aún no los he leído porque siempre he tenido la esperanza de que me los leyerais; pero hasta ahora no se había presentado la ocasión». Él sonrió, cogió los cantos, sintiendo un escalofrío al tomarlos en sus manos y cuando los miró, sus ojos estaban llenos de lágrimas. Tomó asiento y empezó a leer.

«Estrella del crepúsculo, hermosa reluces al oeste, elevas tu cabeza refulgente desde tu nube, deambulas majestuosa hacia tu colina. ¿Qué buscas con la mirada sobre la landa? Los vientos de tormenta están en reposo; a lo lejos llega el murmullo del torrente; atronadoras olas juegan en la lejanía junto a las rocas; el zumbido de las moscas del atardecer revolotea sobre el campo. ¿Qué estás mirando, hermosa luz? Pero tú sonríes y te vas, las olas te rodean alegres y bañan tus encantadores cabellos. Hasta siempre, templado rayo. ¡Surge, luz extraordinaria del alma de Ossian!».

Y ésta aparece con toda su fuerza. Veo a mis amigos fallecidos; se reúnen en Lora, como aquellos días que ya pasaron. Fingal llega como una húmeda columna de niebla; lo acompañan sus héroes y, ¡fíjate!, los bardos del canto: ¡Ullin el gris! ¡El majestuoso Ryno! ¡Alpin, delicioso cantante! ¡Y tú, Minona, la de los suaves clamores! Cuánto habéis cambiado, amigos míos, desde los días festivos en Selma, cuando aspirábamos a obtener el honor del canto mientras los aires primaverales iban de colina en colina doblando la hierba débil y susurrante.

Entonces Minona se adelanta en toda su belleza, bajando la mirada y con los ojos llenos de lágrimas, sus cabellos flotan pesados al inquieto viento que desciende desde la colina. En el alma de los héroes hay oscuridad cuando la encantadora voz se eleva, ya que habían visto a menudo la tumba de Salgar, habían visto a menudo la tenebrosa vivienda de Colma la blanca. Colma, abandonada sobre la colina, con su voz armoniosa; Salgar prometió venir, pero la noche se cierra a su alrededor. Oíd la voz de Colma, que canta en solitario sobre la colina.

COLMA

¡Es de noche! Estoy sola, perdida sobre la colina que cubre la tormenta. El viento silba en la montaña. El torrente aúlla precipitándose por las rocas. Ninguna cabaña me protege de la lluvia, a mí, abandonada sobre una colina cubierta de tormenta.

¡Sal, oh Luna, de entre tus nubes! ¡Apareced, estrellas de la noche! ¡Que algún rayo me conduzca al lugar donde descansa mi amor de las fatigas de la caza, con su arco destensado junto a él y sus perros husmeando a su alrededor! Pero aquí debo permanecer sentada y sola sobre la roca del torrente desbordado. La corriente y la tormenta silban, no oigo la voz de mi amado.

¿Por qué vacila mi Salgar? ¿Ha olvidado su palabra? ¡Ahí está la roca y el árbol, y aquí la atronadora corriente! Me prometiste estar aquí en cuanto irrumpiera la noche, ¡ay! ¿Hacia qué dirección ha confundido el camino mi Salgar? ¡Quería huir contigo, abandonar padre y hermano! ¡Los orgullosos! ¡Hace tiempo que nuestras estirpes son enemigas, pero nosotros no lo somos, oh Salgar!

¡Guarda silencio por un momento, oh viento! ¡Serénate un instante, oh torrente! ¡Que mi voz resuene por el valle, que mi caminante me oiga! ¡Salgar! ¡Soy yo quien te llama! ¡Aquí está el árbol y la roca! ¡Salgar, amor mío! Estoy aquí. ¿Por qué dudas en venir?

Mira, está saliendo la luna, la corriente resplandece en el valle, las rocas descansan grises sobre la colina; pero no lo veo allá en lo alto, sus perros no me anuncian su llegada. Debo permanecer aquí sentada y sola.

Pero ¿quiénes son los que yacen allí abajo sobre la pradera? ¿Mi amado? ¿Mi hermano? ¡Habla, oh amigo mío! No responden. ¡Cuánto miedo siente mi alma! ¡Ay, están muertos! ¡Sus espadas están rojas por el combate! ¡Oh, hermano mío, hermano mío! ¿Por qué has acabado con mi Salgar? ¡Oh, Salgar mío! ¿Por qué has acabado con mi hermano? ¡Os quería tanto a los dos! ¡Ay, tu belleza te hacía destacar junto a la colina entre miles! Eras temible en el combate. ¡Respóndeme! ¡Oye mi voz, amado mío! Pero, ¡ay!, ¡están mudos, mudos para siempre! ¡Fríos, fríos como la tierra son sus pechos!

¡Desde las rocas de la ladera, desde la cima de la montaña que la tormenta rodea, hablad, espíritus de los muertos! ¡Hablad! ¡No tendré miedo! ¿Dónde habéis ido a descansar? ¿En qué sepulcro de la montaña os encontraré? No percibo ninguna débil voz en el viento, ninguna respuesta flota en la tormenta de la colina.

Estoy sentada con mis lamentos, aguardo a la mañana entre lágrimas. Excavad la tumba, amigos de los muertos, pero no la cerréis hasta que yo vaya. Mi vida se desvanece como en un sueño, ¿cómo podría quedarme? Quiero vivir aquí, con mis amigos, junto a la corriente que resuena entre las rocas. Cuando se haga de noche sobre la colina y el viento llegue sobrevolando la landa, mi espíritu estará en el viento y mis amigos llorarán mi muerte. El cazador me escucha desde la maleza, teme mi voz y la ama, porque mi voz será dulce por mis amigos, ¡los quería tanto!

Éste era tu canto, oh Minona, hija de Torman de suave arrebol. Nuestras lágrimas corrían por Colma y nuestras almas se habían vuelto lúgubres.

Ullin llegó con el arpa y nos ofreció el canto de Alpin. La voz de Alpin era amistosa, el alma de Ryno era un rayo de sol. Pero ya descansaban en un hogar estrecho y sus voces expiraban a lo lejos en Selma. En una ocasión, antes de que los héroes cayeran, Ullin regresó de la caza. Oyó cómo competían sobre la colina por mostrar el mejor canto. Su canción era dulce, pero triste. Era una queja por la caída de Morar, el primero de los héroes. Su alma era como el alma de Fingal; su espada, como la espada de Oskar. Pero cayó, y su padre se lamentaba y los ojos de su hermana estaban llenos de lágrimas, los ojos de Minona estaban llenos de lágrimas, lágrimas de la hermana del extraordinario Morar. Retrocedió ante el canto de Ullin como la luna en el oeste cuando presagia una tormenta y esconde su hermosa cabeza en una nube. Toqué el arpa con Ullin acompañando el canto con el que lamentaba su destino.

RYNO

El viento y la lluvia ya han cesado, el mediodía es alegre, las nubes se separan. El sol, vacilante, ilumina huidizo la colina. El torrente de la montaña fluye teñido de rojo hacia el valle. Dulce es tu murmullo, torrente; sin embargo la voz que escucho es aún más dulce. Es la voz de Alpin, llorando a los muertos. Su cabeza está inclinada por la edad y sus ojos están enrojecidos por las lágrimas. ¡Alpin, extraordinario cantante! ¿Por qué estás solo sobre la silenciosa colina? ¿Por qué clamas como una ráfaga de viento en el bosque, como una ola en lejanas orillas?

ALPIN

Mis lágrimas, Ryno, son por los muertos, mi voz es para los habitantes de la tumba. Tu figura se dibuja estilizada sobre la colina, es hermosa entre los hijos de la landa. Pero caerás como Morar y sobre tu tumba se sentarán los afligidos. Las colinas te olvidarán, tu arco yacerá sin tensar en alguna estancia.

Eras rápido, oh Morar, como un corzo sobre la colina, horrible como el fuego nocturno en el cielo. Tu ira era una tempestad, tu espada en la batalla era como un relámpago sobre la landa. Tu voz igualaba al torrente del bosque tras la lluvia, al trueno desde lejanas colinas. Algunos cayeron bajo tu brazo, la llama de tu ira se extinguió. Pero cuando regresabas de la guerra, ¡qué apacible era tu frente! Tu rostro semejaba al sol tras la tormenta, a la luna en la noche silenciosa, tranquila, tu pecho era como el lago cuando el bramido del viento ha cesado.

¡Tu vivienda es estrecha ahora! ¡Tenebrosa tu morada! Con tres pasos mido tu tumba, ¡ay de ti, tú que fuiste tan grande! Cuatro piedras con las cabezas cubiertas de musgo son tu único monumento, un árbol desnudo y la hierba alta que murmura al viento indican al ojo del cazador dónde está la tumba del poderoso Morar. No tienes madre que te llore, muchacha con lágrimas de amor. Muerta está la que te alumbró, muerta está la hija de Morglan.

¿Quién es ése que se apoya en su báculo? ¿Quién aquel cuya cabeza está blanca por la edad, cuyos ojos están rojos por las lágrimas? Es tu padre, oh Morar, el padre que no tuvo más hijos que tú. Oyó hablar de tu reputación en la batalla, oyó hablar de enemigos dispersándose; ¡oyó hablar de la gloria de Morar! ¡Ay! ¿No oyó nada de tus heridas? ¡Llora, padre de Morar, llora! Pero tu hijo no te oye. El sueño de los muertos es profundo, su almohada de polvo es fina. Ya no atiende a la voz, nunca se despierta ante tu llamada. Oh, cuándo llegará la mañana a la tumba para rogarle al que duerme: ¡despierta!

¡Me despido hasta siempre de ti, el más noble de los hombres, conquistador en el campo de batalla! ¡Pero el campo nunca volverá a verte! Nunca iluminarás el sombrío bosque con el brillo de tu acero. No dejas ningún hijo, pero los cantos perpetuarán tu nombre, los tiempos venideros oirán hablar de ti, oirán hablar del caído Morar.

Grande fue la tristeza de los héroes, grandes fueron las quejas de Armin, que rompían el corazón. Recordaba la muerte de su hijo, que falleció durante los días de juventud. Carmor se sentó cerca del héroe, el señor del retumbante Galmal. «¿Por qué el suspiro de Armin es un sollozo? —dijo—, ¿qué motivo hay para llorar? ¿Acaso la canción y las voces no suenan para derretir el alma y para alegrarla? Son como dulce niebla que, ascendiendo desde el lago, se esparce por el valle y la humedad cubre las plantas en flor; pero el sol regresa con su poder y la niebla se ha ido. ¿Por qué te lamentas tanto, Armin, señor de Gorma, rodeada por el mar?

»¡Lamentarme! ¡Por supuesto que lo hago! Y la causa de mi dolor no es pequeña. Carmor, tú no perdiste ningún hijo, no perdiste ninguna hija en la flor de la vida; Colgar el audaz vive, así como Annira, la más hermosa de las doncellas. Las ramas de tu casa florecen, oh Carmor; pero Armin es el último de su linaje. ¡Lóbrego es tu lecho, oh Daura! Enrarecido es tu sueño en la tumba. ¿Cuándo despertarás con tus cantos, con tu voz melodiosa? ¡Levantaos, vientos del otoño! ¡Levantaos! ¡Descargad tormentas sobre la umbría landa! ¡Torrentes del bosque, bramad! ¡Aullad, tormentas, en las copas de los robles! ¡Vaga por entre las nubes rasgadas, oh luna, muestra tu rostro pálido y cambiante! Recuérdame la horrible noche en la que fallecieron mis hijos, en la que Arindal el poderoso cayó, y Daura la amada falleció.

»¡Daura, hija mía, eras hermosa! ¡Hermosa como la luna sobre las colinas de Fura, blanca como nieve recién caída, dulce como el aire que respiramos! ¡Arindal, tu arco era fuerte, tu lanza rápida en el campo de batalla, tu mirada como niebla sobre las olas, tu escudo una nube de fuego en la tormenta!

»Armar, afamado en la guerra, llegó y trató de obtener el amor de Daura; ella no pudo resistírsele mucho tiempo. Hermosas eran las esperanzas de sus amigos.

»Erath, el hijo de Dogal, guardaba rencor, ya que su hermano yacía derrotado por Armar. Llegó disfrazado en un barco. Su bote era hermoso sobre las olas, la edad había encanecido sus rizos, su serio rostro estaba tranquilo. "La más hermosa de las doncellas —dijo—, querida hija de Armin, allí, junto a las rocas, a poca distancia del mar donde brillan los rojos frutos del árbol, allí espera Armar a Daura; vengo para guiar su amor a través de la rizada mar".

»Ella lo siguió y llamó a Armar; no obtuvo otra respuesta que la voz de las rocas. "¡Armar! ¡Amor mío! ¡Amor mío! ¿Por qué me asustas así? ¡Escucha, hijo de Arnarth! ¡Escucha! ¡Es Daura la que te llama!".

»Erath, el traidor, huyó a tierra riéndose. Ella elevó su voz, llamó a su padre y hermano: "¡Arindal! ¡Armin! ¿No hay nadie que salve a su Daura?".

»Su voz cruzó el mar. Arindal, mi hijo, descendió por la colina, persiguiendo furioso el botín de su caza, sus flechas crujían en su costado, llevaba su arco en la mano, cinco dogos negros y grises estaban con él. Vio al ladino Erath junto a la orilla, lo apresó y lo ató al roble, apretando con fuerza su cintura; el cautivo llenaba el viento de sus quejidos.

»Arindal se adentró entre las olas en su bote para traer a Daura. Armar llegó furioso, sacó la flecha de plumas grises, silbó, ¡se hundió en tu corazón, oh Arindal, hijo mío! En lugar de Erath el traidor, caíste tú. El bote alcanzó las rocas, hundiéndote con él junto a ellas y llevándote a la muerte. A tus pies corrió la sangre de tu hermano. ¡Cuán grande fue tu pena, oh Daura!

»Las olas destrozaron el bote. Armar se precipitó al mar para salvar a su Daura o morir. De repente una ráfaga de viento llega de la colina, él se hunde y no vuelve a aparecer.

»Solo sobre las rocas que limpia el mar oí las quejas de mi hija. Atronadores y numerosos fueron sus gritos, pero su padre no podía salvarla.

Durante toda la noche permanecí junto a la orilla, la vi entre los débiles rayos de la luna, oí sus clamores toda la noche, el viento silbaba con fuerza, la lluvia golpeaba duramente la ladera de la montaña. Su voz se fue debilitando; antes de llegar la mañana, murió como el viento de la tarde entre la hierba de las rocas. ¡Murió cargada de pesares y dejó a Armin solo! Mi fortaleza en el combate había desaparecido, mi orgullo había caído con la doncella.

»Cuando llegan las tormentas de la montaña, cuando el viento del norte eleva las olas, me siento junto a la orilla atronadora y busco con la mirada las espantosas rocas. A menudo, cuando se pone la luna, veo los espíritus de mis hijos: durante el amanecer vagan juntos en triste armonía».

Un torrente de lágrimas, que brotó de los ojos de Lotte y le dio aire a su oprimido corazón, detuvo el canto de Werther. Arrojó el papel, cogió su mano y lloró amargamente. Lotte se apoyó en la otra y ocultó sus ojos con el pañuelo. La emoción de ambos era terrible. Sentían su propia desgracia en el destino de los nobles, lo sentían juntos y sus lágrimas los unían. Los labios y los ojos de Werther ardían junto al brazo de Lotte; un escalofrío la recorrió; quería alejarse y el dolor y la simpatía la oprimían como si fueran plomo y la paralizaban. Respiró para recuperarse y le pidió sollozando que continuara, ¡se lo pidió con una voz celestial! Werther tembló, su corazón quería estallar, levantó la hoja y leyó con voz entrecortada.

«¿Por qué me despiertas, aire de primavera? Me cortejas diciéndome: ¡Mi rocío son gotas del cielo! Pero el tiempo de mi ajamiento está próximo, próxima está la tormenta que destruirá y hará caer mis hojas. Mañana llegará el caminante que me vio en todo mi esplendor y sus ojos me buscarán en el campo y no me encontrarán».

Toda la violencia de estas palabras cayó sobre el desdichado. Se arrojó ante Lotte lleno de desesperación, cogió sus manos, las apretó contra sus ojos, contra su frente, y ella parecía presentir en su alma su espantoso propósito. Se sintió confusa, apretó sus manos, las estrechó contra su pecho, se inclinó hacia él con un movimiento melancólico y sus ardientes mejillas se rozaron. El mundo desapareció para ellos. Werther entrelazó sus brazos rodeándola, la estrechó contra su pecho y cubrió sus labios temblorosos y balbuceantes de furiosos besos. «¡Werther!», exclamó con voz ahogada al tiempo que volvía el rostro, «¡Werther!», y alejó con mano débil su pecho del de él; «¡Werther!», exclamó con el tono sereno del más noble de los sentimientos. Él no se resistió y la dejó escapar de entre sus brazos, arrojándose ante ella fuera de sí. Ella se levantó y confusa e inquieta, oscilando entre el amor y la ira, dijo: «¡Ésta es la última vez, Werther! No volveréis a verme». Y con una mirada llena de amor por el desventurado entró rápidamente en la habitación contigua y cerró la puerta tras de sí. Werther alargó sus brazos en su dirección, pero no se atrevió a detenerla. Se quedó en el suelo con la cabeza reclinada sobre el canapé y permaneció en esta postura durante más de media hora, hasta que un ruido lo hizo volver en sí. Era la doncella, que quería poner la mesa. Él paseó por la habitación y cuando se encontró solo de nuevo, se acercó a la puerta del gabinete y dijo en voz baja: «¡Lotte, Lotte! ¡Sólo una palabra! ¡Una despedida!». Ella callaba. Él aguardó y rogó y aguardó; entonces se fue diciendo: «¡Hasta siempre, Lotte! ¡Hasta siempre!».

Llegó a la puerta de la ciudad. Los guardianes, que se habían acostumbrado a él, lo dejaron pasar sin decir palabra. Desapareció entre la lluvia y la nieve y no volvió a llamar a la puerta hasta cerca de las once. Cuando Werther regresó a casa, su sirviente se dio cuenta de que le faltaba el sombrero. No se atrevió a decir nada, lo ayudó a desvestirse; toda su ropa estaba mojada. Encontraron después el sombrero sobre unas rocas que miran hacia el valle desde la ladera de la colina y les resultó inexplicable cómo pudo llegar hasta allí sin despeñarse en una noche tan oscura y húmeda.

Se tumbó en su cama y durmió mucho. A la mañana siguiente mandó que le trajeran café y el sirviente lo encontró escribiendo la siguiente carta a Lotte:

Por última vez pues, por última vez abro los ojos. ¡Ay! Ya no verán más el sol; un día gris y nebuloso lo mantiene oculto. Así pues, naturaleza, llora por tu hijo, tu amigo, tu amante que se acerca a su fin. Lotte, éste es un sentimiento sin igual y sin embargo es lo más parecido al sueño del amanecer, a decirse: ésta es la última mañana. ¡La última! Lotte, no puedo comprender la palabra: ¡la última! Hoy estoy en plenitud de fuerzas y mañana yaceré rígido y sin energía en la tierra. ¡Morir! ¿Qué significa? Fíjate, cuando hablamos sobre la muerte soñamos. He visto morir a algunos, pero la humanidad es tan limitada que no puede comprender el comienzo y el fin de su existencia. ¡Ahora aún soy mío, tuyo! ¡Tuyo, amada! ¿Y en un instante… separados, alejados… quizá para siempre? No, Lotte, no. ¿Cómo puedo desaparecer? ¿Cómo puedes desaparecer tú? ¡Nosotros existimos! ¡Desaparecer! ¿Qué significa eso? ¡No es más que otra palabra! ¡Un sonido vacío! Algo que no significa nada a los ojos de mi corazón… ¡Muerto, Lotte! ¡Sepultado en la fría tierra, en un lugar tan estrecho, tan tenebroso! Tenía una amiga que significaba todo para mí durante mi desamparada juventud; murió y yo seguí su cadáver y permanecí de pie junto a la fosa viendo cómo descendía el ataúd y hacían crujir la soga debajo de él al retirarla; después resonó la primera paletada y la terrible caja devolvía un tono apagado, y más apagado y más apagado, hasta que acabó cubierto al fin. Me derrumbé junto a la tumba, conmovido, estremecido, horrorizado, con el corazón destrozado; pero no sabía cómo sería en mi caso, qué pasará conmigo… ¡Morir! ¡Sepulcro! ¡No entiendo estas palabras!

¡Ay, perdóname! ¡Perdóname! ¡Ayer! ¡Debía haber sido el último instante de mi vida! ¡Ay, ángel! Por primera vez, sin duda alguna por primera vez atravesó mi alma una sensación de felicidad que todo lo incendiaba: ¡Me ama! ¡Me ama! Aún arde sobre mis labios el sagrado fuego que brotaba de los tuyos, en mi corazón hay un bienestar cálido y nuevo. ¡Perdóname! ¡Perdóname!

Ay, sabía que me amabas, lo reconocí en las primeras miradas tan expresivas, en el primer apretón de manos, y no obstante, cuando me marchaba de nuevo, cuando veía a Albert a tu lado, me desalentaban de nuevo febriles dudas.

¿Recuerdas las flores que me enviaste cuando en aquella desagradable tertulia no pudiste decirme ni una palabra, no pudiste darme la mano? Pasé media noche arrodillado ante ellas y supusieron para mí un sello de tu amor. Pero, ¡ay!, estas impresiones desaparecen, como se aleja gradualmente del alma del creyente la sensación de piedad divina que se le manifestó con toda la plenitud celestial en signos sagrados y visibles.

Todo eso es perdurable, pero ¡ninguna eternidad apagará la ardiente vida que disfruté ayer sobre tus labios, que siento ahora en mí! ¡Ella me ama! Este brazo la ha rodeado, estos labios han temblado sobre los suyos, esta boca ha susurrado entrecortadamente junto a la suya. ¡Es mía! ¡Eres mía! ¡Sí, Lotte, para siempre!

¿Y qué importa que Albert sea tu marido? ¡Marido! Eso sería para este mundo… ¿y para este mundo sería pecado el que te ame, el que te arranque de sus brazos para tenerte en los míos? ¿Pecado? Bien, y me condenaré por ello; he probado el éxtasis celestial en este pecado, he absorbido fuerza y bálsamo vital para mi corazón. ¡A partir de este momento eres mía! ¡Mía, Lotte! ¡Me adelantaré! Iré a ver a mi Padre, a tu Padre. Quiero quejarme ante Él y Él me consolará hasta que vengas y yo vuele hasta ti y te abrace y permanezca a tu lado ante el Eterno en interminables abrazos.

¡No sueño, no deliro! Ahora que estoy cerca de la sepultura veo con más claridad. ¡Seremos uno! ¡Volveremos a vernos! ¡Veremos a tu madre! ¡La veré, la encontraré, ay, y ante ella abriré mi corazón! ¡Tu madre, tu vivo reflejo!

Cerca de las once Werther le preguntó a su sirviente si Albert había regresado. El sirviente respondió que sí, que había visto cómo llevaban su caballo. Entonces su señor le entregó una nota abierta para Albert con el siguiente contenido:

¿Querríais prestarme vuestras pistolas para un viaje que tengo previsto? ¡Adiós!

La encantadora dama había dormido poco la noche anterior; aquello que había supuesto el centro de sus temores estaba ya decidido, decidido de una manera que no podía ni prever ni sospechar. Su sangre, que por lo general fluía pura y ligera, sufría un estado febril, miles de sensaciones conmovían su hermoso corazón. ¿Era el fuego de los abrazos de Werther lo que sentía en su pecho? ¿Era enojo por su osadía? ¿Era el disgusto que le causaba comparar su estado actual y aquellos días de inocencia libre y completamente despreocupada en los que confiaba en sí misma con total naturalidad? ¿Cómo debía comportarse con su marido? ¿Cómo reconocer ante él una escena en la que ella había actuado de manera tan correcta y que sin embargo no se atrevía a confesar? Habían estado tanto tiempo en silencio, ¿y debía ser ella la primera que lo rompiera haciéndole a su marido un descubrimiento tan inesperado precisamente en un momento tan poco propicio? Ella ya se temía que la mera noticia de la visita de Werther pudiera causarle una impresión desagradable, ¡y ahora sucedía esta inesperada catástrofe! ¿Podía esperar que su marido la viera con buenos ojos, que la aceptara sin ningún tipo de prejuicio? ¿Y podía desear que leyera en su alma? Y por otra parte, ¿podía disimular frente a un hombre ante el que siempre se había presentado como un límpido cristal, abierta y libre, y a quien no le había ocultado nunca ninguno de sus sentimientos, porque tampoco podría ocultárselos? Todo esto le causaba apuros y preocupaciones; y sus pensamientos siempre volvían a Werther, a quien había perdido para siempre, a quien no podía dejar, a quien desgraciadamente debía dejar a su libre albedrío y a quien no le quedaría absolutamente nada después de que ella lo abandonara.

¡Cuánto le pesaban ahora las desavenencias que se habían establecido entre ellos! No comprendía cómo habían surgido. Unas personas tan razonables y buenas comienzan a callar en presencia del otro por ciertas diferencias personales, de opinión ambos piensan que tienen razón y el otro no y esta situación se enquista y empeora de tal manera que resulta imposible deshacer los nudos precisamente en el momento crítico del que todo depende. Si algún feliz acontecimiento los hubiera acercado de nuevo con anterioridad, si el amor y la consideración mutuos hubieran recobrado la vida y hubiesen abierto sus corazones, quizá habría sido posible salvar a nuestro amigo.

A esto había que añadir aún una circunstancia singular. Como sabemos por sus cartas, Werther nunca había ocultado su deseo de abandonar este mundo. Albert había discutido a menudo con él y también Lotte y su marido habían tratado el tema. Como sentía un decidido desprecio por esta resolución, también había manifestado a menudo, con una susceptibilidad que por lo general no formaba parte de su carácter, que veía razones para dudar mucho de la seriedad de tales propósitos, e incluso se había permitido gastar algunas bromas al respecto y le había comunicado su escepticismo a Lotte. De esta manera lograba tranquilizarla cuando sus pensamientos le presentaban tan triste imagen, pero este escepticismo suponía al mismo tiempo un obstáculo a la hora de comunicarle a su esposo las preocupaciones que la atormentaban en aquel momento.

Albert regresó y Lotte salió a su encuentro con precipitación; no estaba contento, no había podido concluir su negocio, había encontrado en el corregidor vecino a un hombre mezquino e inflexible. Lo accidentado del camino también había aumentado su malhumor.

Preguntó si no había pasado nada y ella respondió con excesiva premura que Werther había estado allí la noche anterior. Él preguntó si había llegado alguna carta y la respuesta fue que en su escritorio tenía una y algunos paquetes. Entonces él se dirigió a su despacho y Lotte se quedó sola. La presencia del hombre al que amaba y respetaba había dejado una impresión en su corazón totalmente nueva. El recuerdo de su nobleza, de su amor y bondad había tranquilizado su ánimo. Sintió una necesidad íntima de seguirlo, cogió su labor y fue a la habitación de Albert, como solía hacer a menudo. Lo encontró ocupado en abrir los paquetes y leer su contenido. Algunos parecían no portar nada agradable. Ella le formuló algunas preguntas que él respondió lacónico, poniéndose después a escribir en el escritorio.

De esta manera pasaron una hora juntos y el ánimo de Lotte se fue volviendo cada vez más sombrío. Sentía lo difícil que le resultaría desvelarle lo que ocultaba en su corazón, incluso si lo hubiese encontrado del mejor humor; calló en un estado de tristeza que se volvió aún más terrible cuando trató de ocultarlo y de tragarse las lágrimas.

La aparición del sirviente de Werther despertó en ella la mayor de las inquietudes; le entregó la nota a Albert, quien se volvió tranquilamente a su mujer y le pidió: «Dale las pistolas». «Le deseo buen viaje», le dijo al joven. Este comentario cayó sobre ella como un rayo, vaciló, al levantarse, sin saber qué le pasaba. Se acercó despacio a la pared, bajó temblando el arma, le quitó el polvo y vaciló, y hubiese titubeado aún durante más tiempo si Albert no la hubiera instigado con una mirada inquisitiva. Le entregó la infeliz herramienta al mozo sin poder pronunciar palabra y cuando hubo abandonado la casa, recogió su labor y se fue a su habitación en un estado de inefable incertidumbre. Su corazón le auguraba todo tipo de horrores. De pronto se sentía dispuesta a arrojarse a los pies de su marido y desvelarle la historia de la noche anterior, su pecado y sus sospechas. Entonces volvió la sensación de que no había salida a esa situación y que lo que menos podía esperar era convencer a su marido para que fuese a ver a Werther. La mesa estaba puesta y una buena amiga, que sólo quería preguntar una cosa e irse de inmediato, acabó quedándose e hizo que la conversación a la mesa fuera soportable; se esforzaron, hablaron, se contaron cosas y olvidaron.

El mozo le llevó las pistolas a Werther, que las recibió con enorme placer cuando oyó que Lotte se las había dado. Mandó que trajeran pan y vino, le pidió al mozo que fuera a la mesa y se sentó a escribir.

Han salido de tus manos, tú les has quitado el polvo, les doy mil besos porque tú las has tocado. ¡Y tú, espíritu celestial, apruebas mi decisión! Y tú, Lotte, me facilitas la herramienta; tú, de cuyas manos deseo recibir la muerte y, ¡ay!, ahora recibo. He interrogado a mi mozo. ¡Temblabas cuando se las entregaste, no me enviaste ninguna despedida! ¡Ay de mí! ¡Ninguna despedida! ¿Tendrás acaso tu corazón cerrado para mí en el momento que me unirá para siempre a ti? ¡Lotte, el paso de los años no borrará esta impresión! Y tengo la sensación de que no podrás odiar a aquel que arde de amor por ti de este modo.

Después de comer le pidió al mozo que terminara de empaquetarlo todo, rompió varios papeles, salió y saldó algunas pequeñas deudas. Regresó a casa, volvió a salir sin importarle la lluvia y se dirigió al jardín condal, estuvo vagabundeando por la zona y al anochecer regresó y escribió:

Wilhelm, he visto por última vez campo y bosque y cielo. ¡Me despido también de ti, madre querida, perdonadme! ¡Consuélala, Wilhelm! ¡Que Dios os bendiga! He puesto todas mis cosas en orden. ¡Hasta siempre! Volveremos a vernos en circunstancias más felices.

Te he pagado mal, Albert, pero sé que me perdonarás. He alterado la paz de tu casa, he sembrado desconfianza entre vosotros. ¡Hasta siempre! Quiero que termine. ¡Ay, espero que mi muerte os permita ser felices! ¡Albert! ¡Albert, haz feliz a ese ángel! ¡Y que Dios te bendiga!

Durante la noche estuvo revolviendo entre sus papeles, rompió muchos y los arrojó en la estufa, selló algunos paquetes dirigidos a Wilhelm. Contenían pequeños párrafos, pensamientos dispersos de los cuales he visto algunos; y después de que a las diez ordenara que avivaran el fuego y le llevaran una botella de vino, envió a su sirviente a la cama, que se encontraba muy alejada, al igual que los dormitorios del resto de la servidumbre de la casa. El asistente se acostó vestido para estar preparado por la mañana temprano, ya que el señor había dicho que los caballos de postas estarían delante de la casa antes de las seis.

Después de las once

Todo es silencio a mi alrededor y mi alma está tranquila. Te doy las gracias, Dios, por regalarme esta calidez, esta fuerza en los últimos instantes.

Me acerco a la ventana, mi bien, y miro y aún veo algunas estrellas del cielo eterno a través de las nubes de tormenta que pasan huidizas. ¡No, no caeréis! El Todopoderoso os lleva junto a su corazón y a mí también. Veo las estrellas de la lanza del carro, la más encantadora de todas las constelaciones. Por las noches, cuando camino por delante de tu casa y también cuando salgo por tu puerta, está enfrente de mí. ¡Con qué embriaguez la he observado a menudo! ¡Con frecuencia elevaba las manos y la convertía en símbolo, en referente de mi felicidad de entonces! Y también… ¡Oh, Lotte, qué no me recuerda a ti! ¿Acaso no estás en todo lo que hay a mi alrededor? ¿Y es que no he recopilado con avidez, como si fuera un niño, toda clase de pequeñeces que tú, santa, has tocado?

¡Adorada silueta! Te la lego, Lotte, y te ruego que la aprecies. He posado en ella miles, miles de besos, saludándola miles de veces cuando salía o regresaba a casa.

En una nota le he pedido a tu padre que cuide de mi cadáver. En el cementerio hay dos tilos, al fondo, en la esquina orientada a la llanura; allí deseo descansar. Puede hacerlo por su amigo y seguro que consentirá. También se lo he rogado. No quiero exigirles a los cristianos piadosos que sus cuerpos yazcan junto a un pobre infeliz. ¡Ay, cuánto me gustaría que me enterrarais junto al camino, o en un valle solitario, que el sacerdote y los levitas pasaran santiguándose ante la piedra señalada y que el samaritano derramara una lágrima!

¡Fíjate, Lotte! ¡No vacilo al tomar el cáliz frío y terrible en el que he de beber el éxtasis de la muerte! Tú me lo entregaste y yo no me amedrento. ¡Todo! ¡Todo! ¡Así se cumplen todos los deseos y esperanzas de mi existencia, llamando tan frío, tan rígido, a las puertas de bronce de la muerte!

¡Ojalá hubiera podido participar de la felicidad de morir por ti! ¡Lotte, entregarme por ti! Querría morir alegre, feliz si así pudiera devolverte la tranquilidad, la felicidad que tenía tu vida. Pero, ¡ay!, eso sólo les fue concedido a unos pocos nobles que pudieron derramar su sangre por los suyos y que por medio de su muerte consiguieron para sus amigos una vida nueva y cien veces mejor.

Quiero que me entierren con estas ropas, Lotte, tú las has tocado, las has bendecido; también se lo he pedido a tu padre. Mi alma flota sobre el ataúd. No deben mirar en mis bolsillos. Aquella cinta de color rojo pálido que tenías sobre tu pecho cuando te vi por primera vez entre tus niños… Ay, dales miles de besos y comunícales el destino de su desventurado amigo. ¡Criaturas! Pululan a mi alrededor. ¡Ay, cómo me uní a ti! ¡Desde el primer momento no pude dejarte! Esta cinta debe ser enterrada conmigo. ¡Me la regalaste el día de mi cumpleaños! ¡Cómo lo disfrutaba todo! ¡Ay, no pensé que el camino conduciría a este punto! ¡Mantén la calma! ¡Te lo ruego, mantén la calma!

Están cargadas. ¡Están dando las doce! ¡Pues que así sea! ¡Lotte! ¡Lotte, hasta siempre! ¡Hasta siempre!

Un vecino vio el brillo de la pólvora y oyó estallar el disparo; pero como después todo permaneció en silencio, lo olvidó pronto.

Por la mañana a las seis el sirviente entró con la lámpara. Encontró en el suelo a su señor, la pistola y sangre. Lo llamó, lo zarandeó; no obtuvo respuesta, sólo expelía estertores. Corrió a buscar a los médicos, a Albert. Lotte oyó cómo llamaban al timbre y un escalofrío recorrió su cuerpo. Despertó a su marido, se levantaron, el sirviente les dio la noticia llorando y tartamudeando, Lotte cayó desmayada ante Albert.

Cuando el médico llegó junto al desdichado, lo encontró en el suelo sin posibilidad alguna de salvación; el pulso latía, su cuerpo estaba paralizado por completo. Se había disparado en la cabeza a través del ojo derecho, se le había salido parte del cerebro. Le abrieron una arteria del brazo, la sangre corría, aún respiraba.

A partir de la sangre en el respaldo del sillón podía discernirse que había llevado a cabo la acción mientras estaba sentado ante el escritorio; después se había deslizado hasta el suelo y había estado retorciéndose convulsivamente junto al sillón. Yacía inerme junto a la ventana, descansando boca arriba, estaba completamente vestido y calzado y llevaba un frac azul con un chaleco amarillo.

La casa, el vecindario, la ciudad entera estaba alborotada. Albert entró. Habían acostado a Werther sobre la cama, con la frente vendada y ya con el rostro de un cadáver. No movía un solo músculo. Sus pulmones resonaban broncos y terribles, unas veces con suavidad, otras con más fuerza; estaban esperando su final.

Sólo había probado una copa del vino. Sobre el atril estaba abierta la obra de teatro Emilia Galotti.

Permitidme no comentar nada de la consternación de Albert, de la desesperación de Lotte.

El anciano corregidor acudió a toda prisa en cuanto recibió la noticia, besó al moribundo entre las más amargas lágrimas. Sus hijos mayores llegaron a pie poco después que él, se arrodillaron junto a la cama manifestando el dolor más incontrolable, le besaron las manos y la boca y el mayor, que era el que más lo quería, permaneció junto a sus labios hasta que expiró y lo separaron de él por la fuerza. Murió a las doce del mediodía. La presencia del corregidor y las medidas adoptadas impidieron un tumulto. Por la noche, cerca de las once, mandó que lo enterraran en el lugar que había elegido. El anciano y sus hijos siguieron al cadáver. Albert no pudo. Temían por la vida de Lotte. Lo portaron artesanos. Ningún religioso lo acompañó.

ORPHÉE.

ORPHÉE,

TRAGEDIE
EN MUSIQUE,
REPRESENTÉE
PAR L'ACADEMIE ROYALLE
DE MUSIQUE.

On la vend,

A PARIS,

A l'Entrée de la Porte de l'Academie Royalle de Musique,
Au Palais Royal, ruë Saint Honoré.

Imprimée aux dépens de ladite Academie,

Par CHRISTOPHE BALLARD, feul Imprimeur du Roy
pour la Musique.

M. DC. XC.

AVEC PRIVILEGE DE SA MAIESTÉ.

ACTEURS
DU PROLOGUE.

L'HYVER.

TROUPE de Vents, de Frimats, de Glaçons, & d'Hommes gelez.

TROUPE de personnes qui cherchent un Spectacle, parmy lesquelles se trouvent,

UN BERGER & UNE BERGERE.

VENUS.

L'AMOUR & LES GRACES.

LES JEUX, LES RIS, & LES PLAISIRS.

PROLOGUE.

Le Theatre reprefente une Salle deftinée
pour des Spectacles. Elle eft ornée
d'Amphitheatres & de Baluftrades, &
percée de Portiques, dont ceux du
fond laiffent voir des Arbres dépoüilez,
une Campagne couverte de neige, &
les autres marques de l'Hyver.

L'HYVER.

Prés Flore, Cerés, Bacchus,
C'eft à mon tour à regner fur la terre ;
Mais loin de m'offrir leurs tributs
Tous les Mortels me font la guerre :
Quels biens par mon fecours në reçoivent-ils pas ?
C'eft moy dont le pouvoir écarte le Tonnerre,
Je raffemble les Jeux, je fufpens les Combats ;
Cependant mes bien-faits ne font que des ingrats.

PROLOGUE.

TROUPE DE PERSONNES
cherchant un Spectacle.

Un de la Troupe.

Quoy toûjours de l'Hyver la presence odieuse!

Deux Hommes & une Femme de la Troupe,

Ah! quand reviendront les Zephirs?
Laisse-nous, Saison fâcheuse,
Ne trouble plus nos plaisirs.

LE CHOEUR.

Ah! quand reviendront les Zephirs?
Laisse-nous, Saison fâcheuse,
Ne trouble plus nos plaisirs.

L'HYVER.

Froids Enfans d'Aquilon, soutiens de ma puissance,
Eloignez de ces lieux un Peuple qui m'offence.

Les Vents & les Frimats veulent executer les ordres de l'Hyver; Mais dans ce moment le Ciel brille d'une lumiere nouvelle, & Venus descend dans un Char, accompagnée de l'Amour & des Graces,

Un Homme de la Troupe,

De ton foible couroux c'est trop nous allarmer;
Cesse d'attrister la nature:
Les doux feux de l'Amour viennent la ranimer,
Venus descend, c'est trop nous allarmer,
Retire-toy dans quelque grotte obscure.

L'Hyver & fa Suite fe retirent, les marques de
l'Hyver font place à celles du Printemps, & Venus
acheve de defcendre.

VENUS.

Malgré l'Hyver & fes rigueurs,
Mortels, pour vous l'Amour redouble fes faveurs :
Vous faire fentir fes flames,
C'eft égaler la Terre aux Cieux ;
C'eft faire part à vos ames
De la felicité des Dieux.

Tandis que le bruit des armes
Jette l'horreur en tous lieux,
Ce féjour delicieux
Eft exempt de tant d'allarmes :
Venez Plaifirs, Ris & Jeux,
Faites briller tous vos charmes,
Venez Plaifirs, Ris, & Jeux,
Demeurez pour jamais dans cét azile heureux.

LE CHOEUR.

Venez Plaifirs, Ris & Jeux,
Faites briller tous vos charmes,
Venez Plaifirs, Ris & Jeux,
Demeurez pour jamais dans cét azile heureux.

Les Jeux & les Plaifirs volent ou accourent de
toutes parts. Un Berger & une Bergere qui fe
trouvent dans la Troupe precedente, chantent en-
femble.

Si nous quittons noſtre séjour tranquille,
Ce n'eſt pas pour chercher une pompe inutile;
C'eſt pour donner à vos jeunes deſirs
L'exemple des ardeurs ſinceres;
Aimez en Bergers, en Bergeres.,
Vous en aurez plus de plaiſirs.

Ceux de la Troupe témoignent par une Danſe champeſtre qu'ils approuvent ce qu'ont dit le Berger & la Bergere.

VENUS.

Par la puiſſance de l'Amour
Pour vous divertir en ce jour
Orphée exprés ſort du Royaume ſombre:
Heureux ſi ſes Airs & ſa Voix
Vous paroiſſent ſeulement l'ombre
De ce qu'ils fûrent autrefois.

Quel cœur en l'écoutant n'en devenoit plus tendre?
De ſes chants tout divins ce fût le moindre effort.
Mon fils en eſtoit plus fort,
On ne pouvoit plus s'en deffendre;
Helas! helas! Orphée eſt mort!
Venus & les Amours voudroient bien vous le rendre.

L'Amour, les Graces, les Jeux & les Plaiſirs expriment leur triſteſſe.

VENUS.

Laiſſons le ſouvenir d'une perte cruelle,
Un devoir plus preſſant demande voſtre zele.

PROLOGUE.   7

Applaudissez au HEROS
Dont les soins fortunez vous donnent ce repos.
En vain tout l'Univers conspire
Pour obscurcir l'éclat de son Empire.
Ce n'est que preparer un plus illustre prix
Au merite de sa Victoire :
Plus l'Envie à son bras oppose d'Ennemis,
Et plus grande sera sa Gloire.

LES CHŒURS.

Applaudissons au HEROS
Dont les soins fortunez nous donnent ce repos.

Deux Hommes & une Femme.

En vain tout l'Univers conspire
Pour oscurcir l'éclat de sa Victoire.

Deux Hommes.

Ce n'est que preparer un plus illustre prix
Au merite de sa Victoire.

Deux Hommes & une Femme.

Plus l'Envie à son bras oppose d'Ennemis,
Et plus grande sera sa Gloire.

LES CHŒURS.

Plus l'Envie à son bras oppose d'Ennemis.
Et plus grande sera sa Gloire.

FIN DU PROLOGUE.

ACTEURS

DE LA TRAGEDIE.

ORASIE, *Reine de Thrace.*
ORPHE'E, *nouvellement marié avec*
Euridice.
EURIDICE.
ISMENE, *Confidente d'Orasie.*
EURIMEDE, *Amy d'Orphée.*
TROUPE *de Nymphes Compagnes d'Euridice.*
CEPHISE, *une des Nymphes.*
PLUTON.
TROUPE *de Ministres, & de Suivans de Pluton.*
ASCALAX, *un des Ministres de Pluton.*
TROUPE *d'Ombres criminelles, comme Sisiphe,*
Tantale, Promethée, les Danaïdes, &c.
TROUPE *d'Ombres heureuses qui accompagnent*
l'Ombre d'Euridice.
La Prestresse de Bacchus.
TROUPE DE BACCHANTES.

ORPHE'E,

ORPHEE,

TRAGEDIE.

ACTE PREMIER.

Le Theatre represente une Campagne agreable
dans le voisinage de la Capitale de la Thrace.

SCENE PREMIERE.

ORASIE, ISMENE.

ORASIE.

JE me soulage, chere Ismene,
En te découvrant une peine
Dont je ne sçaurois plus guerir :
C'est trop voir ma Rivale unie avec Orphée ;

B

Tandis que dans mon sein ma flâme renfermée
Rend cette peine encor plus cruelle à souffrir.
D'un plus doux sort reprenons l'esperance,
Délivrons-nous d'un obstacle odieux,
Euridice habite ces lieux,
Elle y va rencontrer sa perte & ma vangeance.

O ! toy, qu'un charme plein d'horreur
Vient d'instruire en secret à servir ma fureur,
Serpent, que sous ces fleurs cache cette prairie ?
Cent Nymphes dés ce jour y porteront leurs pas ;
Discerne bien mon ennemie,
C'est elle à qui tu dois donner un prompt trépas.

ISMENE.

D'Orphée Apollon est le pere ;
Mais il languit dans le repos :
Et les Arts qu'on voit luy plaire
Ne sont pas ceux des Heros,

ORASIE.

J'entens la Gloire qui murmure ;
Mais se choisit-on son vainqueur ?
Il charme toute la nature,
T'étonnes-tu qu'il ait charmé mon cœur ?

ISMENE.

Eh pourquoy donc souffrir un Hymen si contraire
A vostre espoir le plus charmant ?

ORASIE.

*Je me flattois, helas! trop vainement
D'y trouver le secours d'un dépit salutaire.*

ISMENE.

*Ah que ne faisiez-vous plûtost agir mes soins,
Afin qu'Orphée apprît du moins
Tout ce qu'en sa faveur vostre amour pouvoit faire.
Veuve d'un Roy fameux, Reine de ces climats,
Les charmes de vostre personne,
Le brillant de vostre Couronne,
N'estoit-ce pas pour luy d'assez puissans appas?*

ORASIE.

Tu parles de l'Amour & ne le connois pas.

*Les offres les plus éclatantes
Sur un cœur prevenu sont toûjours impuissantes,
La raison vainement s'efforce de parler:
Il brûle dans l'instant mesme
D'aller revoir ce qu'il aime
Et de luy tout immoler.*

ISMENE.

*Si l'on voit des Amans dont l'ame peu commune
Immole quelque fois la Fortune à l'Amour;
On en voit bien plus chaque jour
Sans scrupule immoler l'Amour à la Fortune.*

C'est rarement qu'un Throsne est méprisé.

ORASIE.

Non, je connois Orphée, il eût tout refusé
Son Amour satisfait luy tient lieu d'un Empire;
Que je prevoy d'obstacle au bien que je desire!
Et du crime où l'amour malgré moy me conduit,
Que sçay-je si jamais je recevray le fruit.
    Dieux, quelle peine à ma peine est égale!

ISMENE.

Que je vous plains! mais sortons de ces lieux,
    Y voulez-vous trouver vostre Rivale?

ORASIE.

    Non, m'en preservent les Dieux!
Si toutefois Orphée… Il vient; laisse à ma flame…

ISMENE.

Par cent raisons plûtost songez à l'éviter.

ORASIE.

Ismene, malgré moy je me sens arrester,
Cachons-luy seulement le trouble de mon ame.

SCENE II.

ORASIE, ISMENE, ORPHE'E, EURIMEDE.

ORASIE.

LE deſir du repos, & la beauté du jour
*   M'ont fait venir dans ce lieu ſolitaire :*
Mais quand vous preferez aux plaiſirs de ma Cour
*   Un champeſtre ſéjour ;*
On peut vous reprocher que c'eſt trop vous y plaire.

ORPHE'E.

Je cheris ces beaux lieux, j'ay peine à les quitter,
Ils m'offrent des Ruiſſeaux, des Fleurs, de la Verdure,
Le plus cruel Hyver ſemble les reſpecter,
Et le Ciel y répand ſa clarté la plus pure ;
*   Eh pourquoy ne pas profiter*
*   De ces faveurs de la nature ?*

ORASIE.

Vous ne me dites pas leurs charmes les plus grands,
Euridice s'y plaiſt, en faut-il d'avantage ?

ORPHE'E.

*   Les Nymphes de ce voiſinage*
L'amuſent chaque jour par leurs jeux differens ;
A demeurer encor leur amitié l'engage

ORASIE.

De voſtre hymen nouveau les doux commencemens
Demandoient de la complaiſance ;
Mais ſongez, déſormais qu'aprés un ſi long-temps
Vous nous devez voſtre preſence.

SCENE III.

ORPHE'E, EURIMEDE.

EURIMEDE.

QVand la faveur ſemble icy vous chercher,
D'où vient que voſtre cœur ſoûpire ?

ORPHE'E.

Eſt-il doux de m'entendre dire
Qu'à mes plus chers plaiſirs je me dois arracher ?
La faveur ſouvent importune,
L'eſclavage la fuit de prés,
Je ne demanderois, helas ! à la Fortune,
Que de pouvoir joüir en paix
Des ſeuls biens que l'Amour m'a faits.

EURIMEDE.

Cette felicité parfaite
Dans une Cour qui vous ſouhaite
Perdroit-elle de ſes attraits ?

ORPHE'E.

Trop de soins à la Cour rendent les cœurs distraits,
    On aime mieux dans la retraite :
Icy tous mes moments ne font que pour l'Amour,
Et j'aime mille fois plus que le premier jour.

ORPHE'E. & EURIMEDE.

    Non, l'hymen ne vient point éteindre
    Les feux par l'Amour allumez.
    Deux cœurs l'un pour l'autre formez,
    N'ont jamais ce malheur à craindre ;
S'il arrive aux Amans quelque fois de s'en plaindre ;
    C'est qu'ils estoient foiblement enflamez :
    Non, l'hymen ne vient point éteindre.
    Les feux par l'Amour allumez.

ORPHE'E.

Cependant vous sçavez quelle peine secrete
    Tient mon ame inquiete.

EURIMEDE.

Vostre chagrin vous presse-t'il toûjours
    De quitter pour jamais la Thrace ?

ORPHE'E.

Un noir pressentiment sans cesse m'y menace,
Je veux par mon départ en terminer le cours.

    Je pretens habiter la Grece ;
Me faire une retraite aux rives du Permesse,

Et signaler les Arts que je tiens d'Apollon :
Y regarder de loin le Sort & ses Caprices ;
Et faire toutes mes delices
De ma chere Euridice, & du sacré Vallon.

EURIMEDE.

Vous quitterez, vostre Patrie ?

ORPHE'E'

Eh bien ! s'il faut que je vous le confie,
Mon cœur revere Bachus,
Mais je déteste l'abus
De ces Festes odieuses
Où l'on voit . . . je me tais, je n'en ay que trop dit,
Et que trop irrité l'esprit
De nos Bacchantes furieuses.
Livreray-je Euridice au danger de ces mœurs ?
Non, je la dois sauver de pareilles horreurs ;
Mais je ne la vois point paroistre,
Je l'attens, & je sens renaistre
Toutes mes screttes terreurs.

Elle vient.

SCENE IV.

SCENE IV.
ORPHE'E, EURIDICE, EURIMEDE.
ORPHE'E.

QU'en ces lieux mon ame impatiente
Brûloit de vous voir arriver!

EURIDICE.

Si j'avois crû si-tost vous y trouver,
Je n'aurois pas fait languir vostre attente.

ORPHE'E.

Eh quoy ne sçavez-vous pas
Que mon amour ne peut soûtenir vostre absence?
Et que par tout où vous portez vos pas,
Il les suit, ou les devance?

EURIDICE.

Je ne sçaurois blâmer ce grand empressement,
Il me paroist trop aimable :
C'est un bien inestimable
Qu'un Epoux toûjours Amant.

ORPHE'E.

O Dieux ! je vous le recommande,
Ce tresor que je tiens de vos seules bontez,
Conservez-moy tant de beautez,
C'est tout ce que mon cœur sans cesse vous demande.

C

ORPHE'E,

EURIDICE.

Quoy vous verray-encor à des transports si doux
Mesler une importune crainte?

ORPHE'E.

Si malgré moy j'en éprouve l'atteinte,
Vous le sçavez, c'est que je crains pour vous.

EURIDICE.

Rasseurez-vous, trop de delicatesse
Allarme ainsi vostre tendresse.
Non, non, le juste Ciel favorable à nos vœux
Ne voudra pas si-tost briser de si beaux nœuds.

EURIDICE, ORPHE'E, EURIMEDE.

Non, non, le juste Ciel favorable à nos vœux
Ne voudra pas si-tost briser de si beaux nœuds.

EURIMEDE.

De tous costez on voit dans ces campagnes
Les Nymphes commencer leurs jeux.

ORPHE'E à Euridice.

Nous vous laissons, bien-tost nous reviendrons tous
deux.

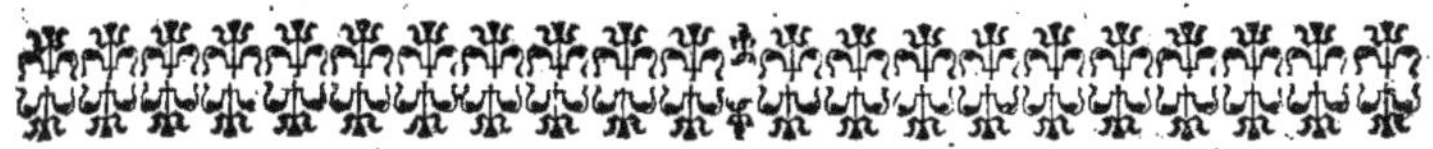

SCENE V.

Des Nymphes & des Divinitez champeſtres
arrivent par petites troupes & ſans ordre,
en danſant & en chantant.

CHOEUR DE NYMPHES ET DE DIVINITEZ.

AUx champs, aux champs,
  Aimables Compagnes,
    Aux champs, aux champs,
    Venez, il eſt temps.
Sortez des Bois, des Eaux, deſcendez des Mon-
tagnes ;
    Aux champs, aux champs,
    Aimables Compagnes,
    Aux champs, aux champs,
    Venez, il eſt temps.

UNE NYMPHE.

Thetis bien-toſt dans ſa vaſte demeure
Verra plonger le celeſte Flambeau :
    Jamais une plus belle heure
    Ne finit un jour plus beau.

LE CHOEUR.

    Aux champs, aux champs,
    Aimables Compagnes,
    Aux champs, aux champs,
    Venez, il eſt temps.

Sortez des Bois, des Eaux, defcendez des Mon-
  tagnes;

     Aux champs, aux champs,
     Aimables Compagnes,
     Aux champs, aux champs,
     Venez, il eft temps.

Elles danfent.

UNE NYMPHE.

Vos charmes, divine Euridice,
Chaque jour prés de vous fçavent nous attirer;
Qu'icy noftre amitié du moins vous divertiffe;
Ailleurs l'Amour prend foin de vous faire adorer.

LE CHOEUR,

Souvent la naiffante aurore
Nous raffemble dans ces lieux:
Mais nous aimons mieux encore
Y voir briller vos beaux yeux.

EURIDICE,

Danfez, Nymphes, dans ces prairies,
Sur le tendre gazon je vais me délaffer;
Quelquefois on aime à paffer
Des divertiffemens aux douces rêveries.

Elles continüent leurs danfes,

SCENE VI.

TROUPE DE NYMPHES, CEPHISE,
ORPHE'E ET EURIMEDE
qui arrivent en mesme temps.

CEPHISE.

O Ciel! ô malheur déplorable!

ORPHE'E.

Sauvez mon Euridice, ô Dieux!

CEPHISE.

Cruelle mort!
O destin trop impitoyable!
Vostre Euridice, helas! voit terminer son sort.

ORPHE'E.

Qu'entens-je?

ORPHE'E, CEPHISE, EURIMEDE,

O malheureux Orphée!

CEPHISE.

Sur le gazon à peine elle est passée,

Que d'un Serpent caché sous l'herbe & sous les
   fleurs,
      Cette belle soudain blessée
A senti du trépas les premieres horreurs.

SCENE VII.

Les mesmes Acteurs.
EURIDICE mourante soûtenuë
par deux Nymphes.

ORPHE'E.

AH! *quel objet à mes yeux se presente!*
Secrets pressentimens, helas, trop averez!
Mon Euridice, vous mourez!

EURIDICE.

Je vous revois, je vais mourir contente.

ORPHE'E.

Mon Euridice, vous mourez!

EURIDICE.

Le Ciel le veut, mon cher Orphée.

ORPHE'E & EURIDICE.

Sont-ce là les plaisirs que les nœuds d'hymenée
Sembloient nous avoir preparez ?

ORPHE'E.

Dieux ! s'il est encor temps, que je meure pour elle !

EURIDICE.

Eh que me serviroit cette pitié cruelle ?
En serions-nous moins separez ?

ORPHE'E.

Nous ne le serons point, je ne puis vous survivre.
Le fer…

EURIDICE.

Par ce chemin gardez-vous de me suivre.
Attendez vostre sort d'un esprit plus soûmis.
Le Ciel s'offenceroit de vostre impatience ;
Les champs Elysiens vous seroient interdits :
Ah ! laissez-moy du moins emporter l'esperance
D'estre un jour réünis.

ORPHE'E.

Où me reduit, helas, une loy trop severe ?
Trop rigoureuse attente !

E U R I D I C E.

Et pourtant neceſſaire,
Puiſque noſtre bon-heur en doit eſtre le prix,

Vivez, c'eſt moy qui vous en preſſe,
N'attendons que des Dieux le temps de nous revoir:
Je ne vous deffens pas une tendre triſteſſe,
Je vous deffens le deſeſpoir.
Mais du mortel poiſon en ce moment ſaiſie,
Je ſens... Adieu, recevez, cher Epoux,
Les derniers ſoûpirs d'une vie
Qui ne me plaiſoit qu'avec vous.

Elle expire, & on l'emporte. Et Orphée tombe
évanoüy ſur un gazon.

LES CHOEURS & EURIMEDE.

O Ciel! ô malheur déplorable!
Dieux ennemis! cruelle mort!
O deſtin trop impitoyable!
Euridice a finy ſon ſort.

SCENE VIII.

SCENE VIII.

ORPHE'E, EURIMEDE.

ORPHE'E.

ET je fens ma foible paupiere
S'ouvrir encor à la lumiere
Lorfqu'Euridice vient de la perdre à jamais!
O honteux, ô lâches regrets!
Quand je devrois plûtoft la fuivre!
Euridice, eh comment pourray-je vous furvivre?
Mais je ne la vois plus … ah laiffez-moy courir
Prés de ce qui m'en refte ;
Apres ce coup funefte
J'y veux mourir.

EURIMEDE.

Songez, fongez plûtoft dans ce malheur extrême
Aux moyens de le reparer.

ORPHE'E.

Et que puis-je encor efperer?
La mort me ravit ce que j'aime.

EURIMEDE.

Avez-vous oublié ce qu'ont fait quelquefois
Et voftre Lyre & voftre Voix?

D

A leurs divins accords n'a-t'on pas veu possibles
     Les effets les moins attendus ;
Les Tigres attentifs, les Torrens suspendus.
Les Arbres, les Rochers, mobiles & sensibles ?
Nestes-vous pas encor maistre de ces accens
     Sur la nature tout puissans ?
Faites qu'à leur pouvoir l'Enfer mesme obeïsse.
N'oseriez-vous tenter ce genereux effort ?
     La mort vous enleve Euridice,
     Allez, l'enlever à la mort.

ORPHE'E.

     C'en est assez ; Attend, chere Ombre,
Ie n'auray pas long-temps à me rien reprocher.
     Ie cours dans le Royaume sombre,
     Ou mourir, ou t'en arracher.

FIN DU PREMIER ACTE.

ACTE SECOND.

Le Theatre represente un Vestibule ma-
gnifique, où Pluton sur son Thrône
a coûtume de juger les Ombres qui
viennent de passer le Styx. Ce Vestibule est de plain-pied avec de vastes
Jardins. L'on voit dans l'éloignement
quelque chose de ce qui peut caracté-
riser les Enfers.

SCENE PREMIERE.
L'OMBRE D'EURIDICE.

A H que j'éprouve bien que l'amoureuse flâme
Au delà du trespas regne encor dans une
ame.

D ij

Des champs Elysiens j'ay veu tous les attraits,
Ces Forests toûjours verdoyantes,
Ces beaux Astres formez exprés
Pour luire aux ames innocentes,
Mais rien n'y peut charmer l'ennuy que je ressens,
Privée helas de ce que j'aime;
Ie regrette un plus heureux temps,
L'amour content est le bonheur suprême,
Tous les autres sont languissans.
Ah que j'éprouve bien qus l'amoureuse flame,
Au delà du trespas regne encor dans une ame.

Un tendre souvenir m'occupe incessamment,
Que fait Orphée en ce moment?
Puis-je en douter? il m'aime, il m'est fidelle,
Il soûpire, il gémit, sa triste voix m'appelle.
O Dieux, que ne peut-il pour son soulagement
Estre aussi le témoin de ma peine cruelle!
Mon cher Ophée, helas, je souffre également.

Pourquoy faut-il que Proserpine
Aujourd'huy me destine
A l'honneur d'augmenter sa Cour!
Ie trouvois l'Elysee un plus charmant séjour.
Que de momens va perdre ma tendresse!
Helas avec tranquilité
Ie pouvois y rêver sans cesse;
Cette douce liberté
Faisoit ma felicité.

Mais déja de ces lieux on trouble le silence.
Pluton paroiſt, Evitons ſa preſence

SCENE SECONDE.

PLUTON. Troupe de Suivans.

PLUTON.

QV'entens-je? eſt-il donc vray que juſques dans
　　ces lieux
　　Vn mortel inſolent s'avance?
Suis-je donc le moindre des Dieux;
Et craint-il ſi peu ma puiſſance?
Ah je dois ſignaler par des tourmens cruels
　　Le châtiment de cette audace;
Qu'il vienne ce mortel, il va trouver ſa place
　　Parmy les fameux criminels.

Mais dis-moy, Dieu du Stix, ſi dans cette entre-
　　priſe
　　　　Le Ciel le favoriſe?
D'un Fils de Iupiter les inſolens efforts
　　Doivent forcer les ſombres bords.
Ah ſans doute c'eſt luy; Pour me faire la guerre
Son Pere dans ce jour l'arme de ſon Tonnerre.
　　Vous, mes Sujets preparez-vous;
　　Craignons l'effet de ſon courage,

ORPHE'E,
Repouſſons cét outrage,
Armons-nous, armons-nous.

LE CHOEUR.
Craignons l'effet de ſon courage ;
Repouſſons cét outrage,
Armons-nous, armons-nous.

On entend une charmante melodie comme venant
de fort loin.

PLUTON,

Mais quels ſons éloignez, ſurprennent mes oreilles?
Qu'ils ſont nouveaux ! Qu'ils ont dequoy toucher!

On l'entend plus diſtinctement.

Chaque inſtant vers ces lieux ſemblent les approcher
Quels autres chants ont des douceurs pareilles ?

Mais ce n'eſt pas le temps de nous laiſſer charmer
Il faut punir un Temeraire,
J'ay beſoin de ma colére
Elle pourroit ſe calmer.
Il faut punir un Temeraire,
Allons, il n'eſt pas temps de nous laiſſer charmer.

LE CHOEUR.
Il faut punir un Temeraire,
Allons, il n'eſt pas temps de nous laiſſer charmer.

SCENE III.

PLUTON, & ſes Suivans. **ASCALAX**

ASCALAX.

Sans crainte abandonnez-vous
A d'aimables charmes,
L'auteur meſmes de vos allarmes
L'eſt auſſi de ces chants ſi doux.
Il eſt ſeul, il eſt ſans armes,
Il vient en Suppliant embraſſer vos genoux.
Sans crainte abandonnez-vous
A d'aimables charmes.

Des bords du Styx où je maintiens vos Loix,
Ie croyois du mortel voir bien-toſt le naufrage:
Mais ſans effort la barque a ſoutenu ſonpoids;
Et du coſté de ce Rivage,
Cerbere déchaiſné pour la premiere fois,
L'a careſſé ſur ſon paſſage.
Pour obtenir par tout un entier avantage,
Il chante ſeulement, & tout céde à ſa voix.

SCENE IV.

PLUTON & ſes Suivans, ASCALAX,
Trois Miniſtres de Pluton.

Les Trois Miniſtres de Pluton.

Qvels effets ſurprenans des ſons harmonieux
   Qui penetrent ces lieux!
On n'y void plus rien qui gémiſſe,
   Rien qui ne s'attendriſſe.

Un des trois.

De ces ſons raviſſans tout paroiſt enchanté,
   Sous leur doux effort tout ſuccombe.
Siſiphe en ce moment repoſe en liberté.
Son Rocher ſur le Mont avec peine porté,
   D'où ſans ceſſe il roule & retombe,
   S'eſt arreſté.

Un ſecond.

   Promethée enfin reſpire,
   Le Vautonr qui le déchire
   Vient de le laiſſer en paix :
   On voit la Danaïde oiſive,
   Et Tantale boire à longs traits
   L'onde juſque là fugitive.

La Muſique que l'on n'entendoit auparavant que de
loin, s'entend icy pleinement, & l'on voit Orphée veſtu
comme les Peintres nous le repreſentent, avec ſa Lyre,
& une Couronne de Laurier.

ASCALAX

ASCALAX.

Le mortel luy-mesme arrive,
Il vient icy se presenter.

PLUTON.

Silence, je veux l'écouter.

SCENE V.

Les mesmes Acteurs. ORPHE'E.

ORPHE'E.

Monarque des Enfers que la Terre revére,
A qui nous devons tous un tribut necessaire,
Vous voyez devant vous le fils du Dieu du Jour ;
Il n'y vient point poussé d'un dessein temeraire,
    Il y vient forcé par l'Amour.

    S'il vous souvient de vos allarmes,
Quand dans les premiers feux d'un Hymen plein de
  charmes
De vostre Proserpine on voulut vous priver :
Jugez quel déplaisir mon cœur doit éprouver ;
    Je pers une Espouse adorable,
    La Mort, la Mort impitoyable,
Dans son plus beau printemps vient de me l'enlever.

Qu'une vie heureuse & nouvelle
La redonne en ce jour à mon amour fidelle ;
Rendez-là-moy, grand Dieu ; pour me la rendre,
    helas !
     En sera-t'elle moïns mortelle ?
     Et ne faut-il pas qu'avec elle
Tost ou tard sous vos loix je retombe icy bas.

PLUTON.

    Quel nouveau charme ! quel prodige !
J'écoute, & malgré moy je me laïsse attendrir ;
Il se plaint, & je sens la douleur qui l'afflige,
Mesme contre mes droits je veux le secourir.

Va, trop heureux Mortel, je prens part à ta peine,
     Ma pitié ne sera pas vaine :
Depuis que ton Espouse est soûmise à la mort,
     Proserpine regle son sort ;
Je sçauray disposer la Déesse à la rendre.

ORPHE'E.

    Ah ! que nos cœurs reconnoissans
   Sur vos Autels vont prodiguer d'encens !
C'est tout ce qu'un grand Dieu des mortels peut at-
    tendre.

PLUTON.

Puisque le Destin aujourd'huy
De tant de malheureux veut suspendre les peines ;

Pluton ne sera pas moins indulgent que luy,
Je veux qu'ils sortent de leurs chaisnes.

Pour honorer l'autheur de ces doux changemens,
Venez, empressez-vous, infortunez coupables;
Et vous, dont les jeux surprenans
Font quelquefois mes divertissemens,
Rendez-luy, s'il se peut, les momens agreables
Dont ces lieux luy sont redevables.

Pluton s'en va, avec Ascalax & les autres Suivans.

SCENE VI.

Les Ombres Criminelles témoignent la joye
qu'elles ont d'estre soulagées.

Des Lutins accoûtumez à divertir Pluton
les secondent.

LE CHOEUR.

Heureux Mortel, quelle est ta gloire!
Celebrons-là par nos Concerts.
Est-il de plus grande Victoire
Que d'avoir charmé les Enfers?
Heureux Mortel, quelle est ta gloire!
Celebrons-là par nos Concerts.

Des Danses succédent aux Chants, & l'arrivée de
quelques Ombres heureuses semble annoncer celle d'Euridice.

LES CHOEURS.

Ton Espouse va reprendre
Tout ce qu'elle avoit d'attraits :
Mais pouvons-nous nous deffendre
De former des vœux secrets ;
Qu'on differe à te la rendre :
Ne presse plus pour l'obtenir ,
Calme un peu ton impatience ;
Ta peine ne sçauroit finir
Que la nostre ne recommence.

SCENE VII.

Les mesmes Personnages. **ASCALAX.**
Euridice couverte d'un voile.

ASCALAX.

*P**Luton qui de ton sort dispose ,*
Rend Euridice à ton amour :
Mais écoûte ce qu'à son tour
Ce Monarque absolu t'impose.
Rien ne peut plus te retarder ,
Tu vas partir seul avec elle ;
Garde-toy de la regarder ,
Que tu ne sois sorty de cette ombre éternelle :
Si devant ce moment tes yeux sont satisfaits ,
Tu pers Euridice à jamais.

ORPHE'E.

Euridice, eſt-ce vous ? ô contrainte ſevére !

EURIDICE voilée.

Recevons les graces des Dieux
Telles qu'ils veulent nous les faire.

ASCALAX.

Laiſſez du Styx le paſſage ordinaire,
Ce chemin vous conduit à la clarté des Cieux ;
Mais profitez au ſortir de ces lieux
D'un ſecret que Pluton veut bien ne vous pas taire.

Les crimes des mortels ſont connus icy bas,
Apprenez celuy d'Oraſie ;
Elle aime Orphée, & c'eſt ſa jalouſie
Qui d'Euridice a cauſé le trépas.

ORPHE'E.

La perfide, grands Dieux ! je cours à la vangeance.

EURIDICE voilée.

Bien qu'elle m'ait ravy le jour,
Mon cœur luy pardonne une offenſe,
Qui m'a fait voir tout voſtre amour :
Cherchons ſeulement un ſéjour
Qui ne ſoit pas ſous ſa puiſſance.

ASCALAX.

Partez, heureux Eſpoux, vos deſtins ſont changez,
Voſtre Amour eſt content, c'eſt eſtre aſſez vangez.

LES CHOEURS.

Vos deſtins ſont changez.

Voftre amour eft content, c'eft eftre affés vangez,
Les Ombres heureufes oftent à Euridice fon voile,
& Orphée ceffe de tourner fes yeux fur elle.

ASCALAX aux Ombres Criminelles.

Vous, Troupe à fouffrir condamnée,
Rentrez, rentrez dans vos fers:
Orphée en quittant les Enfers,
Vous rend a voftre deftinée.

SCENE VIII.

ORPHE'E. EURIDICE.

ORPHE'E.

Vous reverrez le jour; Quel heureux chan-
gement!
Mais que je fouffre en ce moment
De n'ofer prés de vous joüir de voftre veuë
Ah! cherchons promptement la lumiere des Cieux,
Puis qu'avec elle enfin me doit eftre renduë
Celle de vos beaux yeux.

Ah que je fens d'impatience!
EURIDICE.
Ah quand pourra mon tendre cœur
Vous monftrer toute fon ardeur?
Vous eftés à la fois ma plus chere efperance,
Mon Amant, mon Efpoux, & mon Liberateur,

Tout s'unit en voſtre faveur,
Amour, devoir, reconnoiſſance,
Ah! quand pourra mon tendre cœur
Vous monſtrer toute ſon ardeur.
Ah! que je ſens d'impatience!

     La lumiere diſparoiſt.

Que cette obſcurité vient à propos s'offrir
Pour rendre de Pluton la deffenſe inutile.

     O R P H E' E.

Elle m'eſpargne un ſoin importun, difficile,
Mais je ne vous vois pas, & c'eſt toūjours ſouffrir.

Avançons, achevons cette triſte carriere;
S'il ſe peut ne vous laſſez pas.
Nous touchons preſque à la lumiere.

La Lumiere revient, & laiſſe voir tout le devant du
Theatre changé. C'eſt une partie du Mont Rhodope,
& l'on reconnoiſt la Bouche d'un Antre par où Orphée
eſt déja ſorty des Enfers. Euridice ne l'eſt pas encore.

Reſpondez-moy du moins, marchez-vo⁹ ſur mes pas?
Je ne l'entens plus, quel ſupplice!
Que faire? ah que je ſens de mouvements divers!
Cherchons . . .

Orphée regarde Euridice, laquelle dans ce moment
paroiſt ſortir de l'Antre; mais elle en eſt empéchée par
des Miniſtres de Pluton qui la retirent avec violence.

    E U R I D I C E.

Orphée, helas, tu n'a plus d'Euridice.

SCENE IX.

ORPHE'E seul.

Dieux, je l'ay veuë, & je la pers !
Mortel regard ! funeste impatience !
Pluton, ce n'est pas là violer ta deffence,
Retournons promptement par ces chemins ouverts.

SCENE X.

Une Troupe de Ministres de Pluton s'oppose
à son passage.

ORPHE'E.

Souffrez . . .

LE CHOEuR.

Non, non, nous sommes inflexibles,
Non, la pitié deux fois n'entre point aux Enfers.

ORPHE'E.

Peut-estre encor je les rendray sensibles ;
Accordez-moy . . .

LE CHOEuR.

Non, non, nous sommes inflexibles,
Non, la pitié deux fois n'entre point aux Enfers.

Les Ministres de Pluton repoussent Orphée hors du
Theatre.

FIN DU SECOND ACTE.

ACTE III.

Le Theatre acheve de changer, &
represente le Mont Rhodope.

SCENE PREMIERE.

ORASIE, ISMENE.

ORASIE.

C'EST icy que d'Orphée on attend le retour.
Par cét Antre fameux Rhodope ouvre un
    passage
A qui veut penetrer dans l'infernal séjour.
Orphée est le premier qu'un trop parfait amour
    Vient d'engager à ce voyage.
    Dessein pour luy trop dangereux!
    C'est cette crainte qui m'amène;
Mais je ressens encor un trouble plus affreux,
    Et je tremble qu'il ne revienne
Avec son Euridice au comble de ses vœux.

F

ORPHE'E,

Quoy, je te reverrois, odieuse ennemie,
Retourner à la vie,
J'aurois commis un crime en vain!
Non, non, elle te peut encor estre ravie,
Et mesme aux yeux d'Orphée. . . .

ISMENE.

Ah quittez ce dessein.

De vostre premiere vangeance
Le projet fût bien mieux conduit:
Elle ne fit pas tant de bruit
Et vous laissoit plus d'esperance:
Pourquoy par une violence
Voulez-vous en perdre le fruit?
Voulez-vous donc qu'Orphée à jamais vous déteste?

ORASIE.

Chere Ismene, soûtiens la raison qui me reste.
Mais j'imagine en ce moment
Un coup plus favorable à mon ressentiment.
De Bachus aujourd'huy c'est le grand sacrifice,
Dés long-temps, tu le sçais, j'eus soin de prevenir
Nos Bachantes contre Euridice;
Si nous la voyons revenir,
Faisons que leurs fureurs s'arment pour son supplice.

ISMENE.

C'est exposer Orphée aux mesmes traits.

ORASIE.

Sur elle n'ay-je pas l'autorité suprême?
Je sçauray bien perdre ce que je hais,
Et sauver ce que j'aime.

Orphée paroist.

Mais le Ciel auroit-il fecondé mes fouhaits ?
Orphée eft de retour, ma joye eft fans égale,
Je le vois fans ma rivale.
Il vient. Feignons de la douleur
D'un fuccés qui fait mon bonheur.

SCENE SECONDE.

ORASIE, ORPHE'E, ISMENE.
EURIMEDE arrive prefqu'en mefme temps.

ORASIE.

FAut-il que l'amitié qui pour vous m'intereffe
N'ofe fe réjoüir de voftre heureux retour ?
Et ne montre que ma trifteffe
De vous voir revenir fans ramener au jour
L'objet feul de voftre tendreffe.
Mais le fort veut que les Enfers
Aux Mortels foient inacceffibles.

ORPHE'E.

Reine, ces lieux terribles
N'en doutez pas, viennent de m'eftre ouverts.
Et c'eft là que j'ay fçeu, Barbare,
Que fi mon Euridice a fini fon deftin,
Le coup, helas ! qui nous fepare
Ne partoit que de voftre main.
Malgré vous, je le vois, voftre trouble s'exprime,
Voulez-vous que je mette au jour ?

ORPHE'E,

ORASIE.

Eh bien je confesse mon crime,
Mais toy, cruel, tu feins d'ignorer mon amour.
C'est pourtant cét amour qui me l'a fait commettre,
Je croyois dans l'oubly le cacher pour jamais ;
Et le temps sembloit me promettre
D'adoucir enfin tes regrets.
Qu'un jour....

ORPHE'E.

Un jour ! l'avez-vous donc pû croire
Qu'Euridice jamais sorte de ma memoire ?
Non, non, malgré la mort, elle sera toûjours
L'unique objet de mes amours,
Et de vostre impuissante rage.
C'est ainsi que je laisse à vanger mon outrage
A vostre desespoir, à vos transports jaloux ;
Ah que ne m'aimez-vous mille fois davantage,
Pour en ressentir mieux l'horreur que j'ay pour vous.

ORASIE.

Epargne-toy cette esperance vaine ;
C'en est fait, je ne t'aime plus.
Tu me peux desormais chercher quelque autre peine,
Mais je dois te punir de tes cruels rebuts,
Tremble, ma vangeance est prochaine,
C'en est fait, je ne t'aime plus.

SCENE TROISIESME.

ORPHE'E, EURIMEDE.

ORPHE'E.

Appren, cher Eurimede, & plains mon triste sort.
  J'avois charmé l'empire de la mort ;
  Tout à mes vœux s'estoit rendu propice,
    Et je ramenois Euridice.
    Une dure loy seulement
Me deffendoit de voir cét objet si charmant
Dans les lieux où Pluton exerce sa puissance.
  Mes yeux long-temps se sont fait violence,
Mais la crainte, l'amour, dans un fatal moment...
Ah Pluton, un regard me rend-il si coupable ?
Avec tant de rigueur pourquoy me condamner ?
Helas, fût-il jamais faute plus pardonnable,
    Si l'Enfer sçavoit pardonner ?

ORPHE'E & EURIMEDE.

Helas, fût-il jamais faute plus pardonnable,
    Si l'Enfer sçavoit pardonner ?

ORPHE'E.

Laisse-moy seul icy soupirer & me plaindre.

EURIMEDE.

Quelque soit vostre sort je veux le partager.

ORPHE'E.

Ce n'est pas me soulager,
Et ce feroit me contraindre.

EURIMEDE.

Orphée, ô Dieux! refuse de me voir!

ORPHE'E.

Va, laisse un malheureux que ta presence gêne.

EURIMEDE.

Quoy l'amitié demeure vaine?

ORPHE'E.

Rien ne peut consoler l'amour au desespoir.

EURIMEDE.

Quoy l'amitié demeure vaine?

ORPHE'E.

Tout ce qui faisoit mon bonheur
Dans l'estat ou je suis rend ma peine plus rude:
Et je ne veux dans cette solitude
Qu'un tendre souvenir, ma Lyre, & ma douleur.

SCENE QVATRIESME.

ORPHE'E seul.

SEjour affreux & solitaire,
Seul séjour qui puisse me plaire:
Que vous convenez bien à l'horreur de mon sort,
Quand je ne cherche que la mort.

Euridice faiſoit le bonheur de ma vie,
Deux fois, helas, deux fois la mort me l'a ravie.

Les Rochers retentiſſent des plaintes d'Orphée.

Echo, vous qui dans ces deſerts
Me montrez une pitié vaine,
Au lieu de perdre dans les Airs
Le triſte recit de ma peine,
Par ces Gouffres profonds, penetrez aux Enfers :
Que le fier Pluton s'attendriſſe ;
En écoutant ma languiſſante voix
Gemir & redire cent fois,
Je vous pers pour jamais Euridice, Euridice.

Les Animaux les plus farouches viennent écouter Orphée.

Que le fier Pluton s'attendriſſe ;
Des Antres & des Bois les plus fiers habitans
Eux meſmes ſont touchez des peines que je ſens.
Euridice faiſoit le bonheur de ma vie,
Deux fois, helas, deux fois la mort me l'a ravie.

La verdure naiſt ſur les Roches nuës & ſeiches du Mont Rhodope. Les Arbres y ſont attirez, & les Ruiſſeaux commencent à y couler.

Eh que ſert à me conſoler !
Que ces Rochers pour moy ſe couvrent de verdure ?

Clairs ruiſſeaux que ces lieux n'ont jamais veu couler,
    Ceſſez voſtre naiſſant murmure,
Miracles de ma voix maintenant ſuperflus
    Vous ne me plaiſez plus.

Loin de moy ces Lauriers d'une gloire ſterile.

    Orphée jette ſa Couronne & ſa Lyre, & la Symphonie ceſſe.

Vain Inſtrument d'un Art déſormais inutile
Allez où rendez-moy le bien qu'on ma ravy.
Que dis-je, helas ! vous m'avez bien ſervy
    Et je me plaignois ſans Juſtice.
Mes yeux ſeuls m'õt cauſé le plus grãd des malheurs,
    Ils m'ont coûté mon Euridice ;
Mes yeux, mes triſtes yeux noyez-vous dãs les pleurs.

Je ne la verray plus ! ô tourment effroyable !
    Nul eſpoir ne vient plus s'offrir.
    Tigres, Lions, venez me ſecourir,
Déchirez, dévorez un Amant miſerable ;
    Helas en me faiſant perir
    Vous me rendrez à ce que j'aime,
Eh quoy vous m'épargneẑ, vous me laiſſez ſouffrir
    Cruels encor dans voſtre pitié meſme.

O Mort, o douce Mort vien finir mes regrets !
    J'entens du bruit, on s'avance,
    Où pourray-je déſormais,
Fuïr des Mortels l'odieuſe preſence.

                           SCENE V.

SCENE V.
EURIMEDE.

OV trouveray-je Orphée? on en veut à ses jours.
    Les Bacchantes en furie
    Suivent en ces lieux Orasie,
Où trouveray-je Orphée? on en veut à ses jours,
    Ne puis-je rien pour son secours.

SCENE VI.
ORASIE, ISMENE, LA PRESTRESSE
DE BACCHUS, TROUPE
DE BACCHANTES.

ORASIE & la Prestresse de Bacchus.

QV'il perisse le prophane
    Qui nous condamne.

LE CHOEUR.

Qu'il perisse le prophane
Qui nous condamne ;
Et qui méprise tes vertus,
Bacchus, Bacchus, Bacchus.

Elles marquent leur yvresse & leur fureur.

G

ORPHE'E,

LA PRESTRESSE.

O toy qui remplis nos cœurs
De tes divines fureurs !
Toy qui toûjours nous accompagnes
Sur les Montagnes !

LE CHOEUR.

O Fils puiſſant
Du Dieu tonnant,
Lance, lance ſur le coupable
Le Thyrſe redoutable.

LA PRESTRESSE.

Parois, Bacchus, vange-toy, vange-nous,
Fais qu'il expire ſous nous coups !

LE CHOEUR.

Parois, Bacchus, vange-toy, vange-nous,
Fais qu'il expire ſous nos coups.

Elles cherchent encore Orphée, & marquent le
redoublement de leur fureur & de leur inquietude.

UNE BACCHANTE.

Quel Antre favorable au crime
Peut ſi long-temps nous le celer !
Bacchus, livre-nous ta Victime,
Nous brûlons de te l'immoler.

On voit de loin Orphée,

LA PRESTRESSE.

Je l'apperçois, Bacchus nous l'abandonne ;
Venez, venez ſuivez mes pas.

Elles courent toutes du coſté de la Preſtreſſe.

ORASIE.

Dieux! il va souffrir le trépas!
D'où vient qu'en ce moment, je tremble, je frissonne?

Orasie va voir ce que deviendra Orphée. Les Bacchantes cependant lancent sur luy tous leurs Tyrses, & reviennent triomphantes avec des morceaux de sa Couronne & de sa Lyre à la main comme des marques de leur victoire.

LA PRESTRESSE.

Il meurt enfin l'Ennemy de nos loix,
Il reçoit son juste supplice.
Son sang qu'ont répandu cent Thyrses à la fois,
Vient d'étouffer l'indigne voix
Qui ne celebroit qu'Euridice.
Il reçoit son juste supplice,
Il meurt enfin l'Ennemy de nos loix.

LE CHOEUR.

Il meurt enfin l'Ennemy de nos loix,
Il reçoit son juste supplice,
Il meurt enfin l'Ennemy de nos loix.

LA PRESTRESSE.

Sa mort n'est pas assez affreuse,
Que ses membres épars
Rendent de toutes parts
Nostre vangeance fameuse.
Que l'Hébre rougissant ses eaux
En porte la terreur à des climats nouveaux.

LE CHOEUR.

Que l'Hébre rougiſſant ſes eaux
En porte la terreur à des climats nouveaux.

Elles ſortent pour executer l'ordre de la Preſtreſſe.

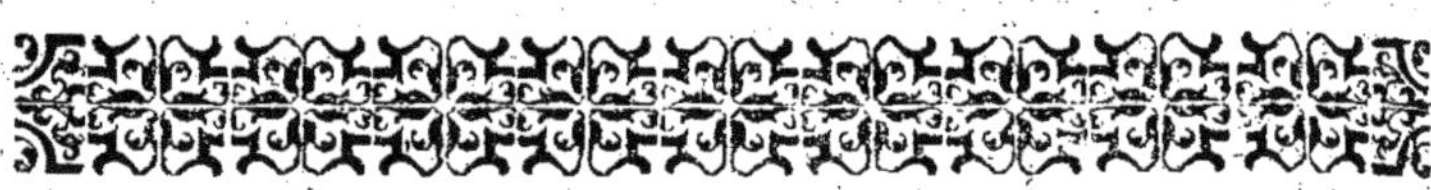

SCENE SEPTIESME

ET DERNIERE.

ORASIE ſeule.

IL eſt mort! qu'as-tu fait malheureuſe Oraſie?
De quels triſtes remords ta vengeance eſt ſuivie!
J'ay veu perir l'Ingrat, je penſois le haïr;
De ſon trépas j'ay crû joüir.
Et preſqu'en un moment à moy-meſme contraire,
Helas, par un fatal retour,
J'ay perdu toute ma colere,
Et je reſſens tout mon amour.
Mais ce qui rend ma peine ſans égale,
Je le réjoins à ma Rivale:
Mourons, ou pour finir tant de tourmens ſouffers,
Ou pour troubler encor ces Amans aux Enfers.

Fin du troiſiéme & dernier Acte.

www.ingramcontent.com/pod-product-compliance
Ingram Content Group UK Ltd.
Pitfield, Milton Keynes, MK11 3LW, UK
UKHW020045100726
13658UKWH00004B/1552